최옥연
수필집

틈이 생길 때마다

최옥연
수필집

틈이 생길 때마다

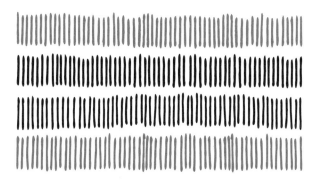

연암서가

최옥연

경남 남해에서 태어나 2002년 『울산문학』 신인상, 2004년 『현대수필』에 「빈집」으로 등단하였고, 2014년 첫 수필집 『노도 가는 길』을 출간하였다. 한국문인협회 · 울산문인협회 · 울산수필가협회 · 한국수필학회 회원으로 활동하고 있다. 2007년 에세이문예 작가상, 2018년 울산문학상을 수상하였다.
E-mail: zeal52@hanmail.net

최옥연
수필집

틈이 생길 때마다

2018년 12월 10일 초판 1쇄 인쇄
2018년 12월 15일 초판 1쇄 발행

지은이 | 최옥연
펴낸이 | 권오상
펴낸곳 | 연암서가

등 록 | 2007년 10월 8일(제396-2007-00107호)
주 소 | 경기도 고양시 일산서구 호수로 896번지 402-1101
전 화 | 031-907-3010
팩 스 | 031-912-3012
이메일 | yeonamseoga@naver.com
ISBN 979-11-6087-042-8 03810

값 13,000원

* 이 책은 울산광역시, 울산문화재단, 한국문화예술위원회 2018년 사업의 일환으로 지원받아 발간되었습니다.

머리말

　글은 쓰면 쓸수록 어렵고 두렵다. 그럼에도 늘 수필을 쓰게 되는 것은 일종의 책임감이다. 글밭에 발을 담근 지 10여 년 만에 첫 수필집 『노도 가는 길』을 과제처럼 묶었다. 주로 나의 마음에 얹혀 있는 것들을 풀어내며 어머니와 나의 삶을 조명함에 곡진했다고 여겼다. 책 한 권에 대부분의 무거운 짐들을 다 담았다고 생각했고, 그리하여 잠깐이었지만 홀가분한 마음으로 지냈다.

　그러나 시간은 다시 빠르게 흘러갔다. 가볍던 마음이 날마다 무게로 느껴져 오자, 아직 다 풀지 못한 모난 것들이 남았는지 꿈틀거리기 시작했다. 허나 아득한 말들은 생각만큼 글로 옮겨지지 않았고 마음만 더 고단했다.

이번 『틈이 생길 때마다』에는 『노도 가는 길』에 담지 못하고 놓친 생각들과 다른 주제들을 마음에 두고 시작했다. 그러나 풀어낸 언어들은 여전히 덜 삭은 것 같아 부끄럽다.

고개 하나를 넘고 나면 또 넘어야 할 큰 산이 기다리고 있는 것처럼, 한 권의 책을 보듬고 나면 언어의 곤궁함에서 자유로울까 싶었는데 공허함만 낙엽처럼 분분하다. 누구나 다음은 좀 더 나을 것이라는 작은 희망을 다독이며 나아가는 것은 아닐까 싶다. 그런데도 나는 여전히 어머니의 옷깃을 놓지 못했다. 풀어내지 못한 수많은 말들을 공글리다 보면 부족한 한 권의 책이 반면교사임을 깨닫는다.

무더운 여름이 지나면 시원하고 아름다운 가을이 오리라 여기듯, 이번 책에서는 첫 책에서 접근하지 못했던 사물의 객관성을 가을 단풍처럼 다양한 색으로 입히고 싶었다. 그럼에도 내 생의 근원에서 벗어날 수가 없었다. 그것은 어머니의 삶에 얽힌 '고'다. 언제나 나에게 남은 빚처럼 다가오는 어머니의 고통. 가을 골짝으로 숨어들려는 당신의 '고'를 나의 방식으로 풀어내려고 애썼다.

수필은 그런 것 같다. 삶과 문학 사이에서 부단히 시름하다가도 그 경계를 허물며 아우르게 되는 것. 그래서 더 조심스럽거나 진술하면서도 어려운 일인데도, 글쓰기를 놓지 못하는 것은 공개된 나의 은신처이기 때문이다. 말과 말 사이를 조비비며 눈 맞추다 보면, 맞춤옷 입은 것처럼 언어도 살가워질 때가 오리라 기대한다. 오늘도 펜을 놓지 못하는 또 하나의 이유이다.

글을 쓰다 보면 어느새 나는 어머니의 품속에 있다. 젖 떼지 못한 강아지처럼 어머니와 한 몸이 되어 어머니의 고통이 내 아픔이 되기도 한다. 어머니의 삶을 글로 풀어내는 일은 죄스럽고 슬픈 일이다. 당신의 일상은 여전히 변함없는데 내 복잡한 마음만 풀어내는 것은 아닐까 싶은 마음이 들어서이다. 그 미안함을 덜고자 당신이 묶여 있는 '고'를 푸는 일에 내 민낯을 고명으로 얹어 세상에 내놓는다.

2018년 11월
최옥연

차례

1부

그때도 듣고
지금도 듣는 노래

텃밭 향유

밭으로 가는 입구에는 오래된 자귀나무가 있다. 활짝 핀 자귀나무 꽃은 은근히 화려하다. 분홍빛이 축제 전야제의 불꽃놀이처럼 뭉글뭉글 펼쳐져 있다. 구불거리는 오솔길을 오르면 밭 가까이에 고샅길처럼 구부러진 소나무가 수문장인 듯 버티고 있다. 밭은 제법 오랫동안 애를 태우다 만난 곳이다. 이처럼 끼워 맞춰진 아름다운 자연이 있을까 싶을 정도로 볼 때마다 늘 흡족하다.

이 텃밭 하나 가지려고, 근교의 많은 산과 들을 헤집고 다녔던 일들이 허망하지 않아 다행이다. 적막하리만치 고요하던 곳에서 풀잎의 작은 떨림으로 만나는 바람의 기운. 반갑고 친근하다. 꽃과 풀들이 말을 거는 듯한 시간이면 힘겨웠던 지난날들은 봄눈처럼 사라지고 만다.

공기 좋은 곳에서 흙을 만지고 싶었다. 그 흙에 푸성귀를 가꾸고, 과실나무 몇 그루 심고 싶었다. 그걸 보면서 살려고 작은 공간 마련을 위해 무던히도 애썼다. 건강이 나빠지면서 더 간절했다. 어느 날은 부동산 소개업자를 따라 몇 시간에 걸쳐 산골 깊숙이 들어가기도 했다. 인적도 없는 첩첩 산중에서 갑자기 들이닥친 사람들을 보고 놀란 노루가 갓 낳은 새끼를 두고 달아나기도 했다. 어미가 떠난 곳에서 낯선 이방인을 바라보고도 일어서지 못하고 눈만 깜빡이던 새끼 노루들. 새끼 노루의 눈빛이 하도 예뻐서 한참을 바라보다가 온 날도 있다.

또 다른 날은 망자들의 땅인 하늘공원을 지나가기도 했다. 사람들은 나더러 유난을 떨었다고 하겠지만 내겐 절실했다. 건강이 시원치 않아, 여행 경비를 지불하고 가방을 다 꾸리고도 떠나지 못했던 적도 있었고, 대부분 암이나 다른 불치병을 앓는 사람들이 모여드는 깊은 산에 요양을 간 적도 있었다. 비싼 경비를 들였지만 호전되기는커녕 돈만 날리기도 했다. 수많은 병원을 다녀도 병명 없이 아프기만 하고 고통스러운 시간들이 지나갔다. 병원에 있으면서도 틈만 나면 머리를 싸매고 나와서는 쓸 만한 땅이 있는지 보러 다녔던 이유다.

무엇이든 때가 있고 주인이 따로 있는 것 같다. 땅이나 집이 마음에 들면 환경이 나쁘거나 거리가 멀었다. 어떤 땅은 계약 직전까지 가서 포기하는 경우도 있었다. 다행히 고생 끝에 마지막으로 본 것이 지금 텃밭이 된 이곳이다. 이곳에 들어서는 순간 마음이 편안해졌다. 가까이에 있는 산이 연꽃처럼 펼쳐져 있었다. 주거지와도 가깝고 공기도 좋았다. 처음으로 마음에 드는 곳을 찾았다. 무엇이든 이거다 싶으면 앞뒤 가리지 않고 저지르는 성격이라 당장 계약을 했다. 놓치고 싶지 않은 마음에 집을 담보로.

전 주인이 십여 년 넘게 묵혀 두었던 땅이었다. 잡목만 무성해서 버려진 것에 가까웠다. 중장비 업자를 불러 굴삭기로 황무지를 갈아엎었다. 그러고도 남편이 경운기로 수차례 밭을 갈았다. 황량한 밭에 비닐하우스 두 동을 짓고 주말마다 다녔다. 거름을 넣고 농사 관련 책자도 보면서 씨를 뿌렸지만 채소를 가꾸는 일은 만만하지 않았다. 품종마다 파종이며 재배기술이 달랐다. 재배에 실패한 적이 한두 번이 아니다. 폭우에 떠내려간 길 복구에도 적잖은 돈이 들어갔다. 자갈을 부어 길을 정비하는 일은 살던 집을 고치는 일만큼이나 많은 돈을 요구했다. 겨우 길이 정비된 뒤 우리 부부는 틈만 나면 나무를 심었다. 한 그루 한 그루가 모두 2~3년생 묘목들이었다. 수종에는 신경 쓰지 않았다. 푸성귀도 마찬가지였다. 눈에 띄는 씨를 구해다 뿌렸더니 더러는 죽고 더러는 자라서 씨앗까지 달았다. 어쩌다 2~3주 들르지 못하면 푸성귀들은 밭고랑마다 스스로 씨를 뿌리고 뿌리를 내리거나 꽃 피웠다. 자연스럽게 꽃밭이 만들어졌다.

초봄에 남편이 심었던 옥수수 사이로 콩이 익어가고 있다. 곡식이라는 것은 주인의 발소리를 듣고 자란다는 것이 틀린 말은 아닌 듯하다. 일이 있어서 한 주일을 건너서 찾아가면 벌써 아무렇게나 자라는 식물들로 밭의 풍경이 달라진다. 아이들 어릴 때 며칠 저희들끼리 두고 나들이 다녀오면 어딘지 퀭해 보이고 꼬질꼬질하던 낯빛이 연상되는 모습이다. 두서없이 엉켜서 죽자고 감긴 넝쿨들을 바로잡아 주는 일은 숙제다. 뽕나무에 생각지도 않은 오디가 열렸다. 달곰한 열매 몇 개로 입안이 향긋해졌다. 행복이 별거랴 싶어졌다. 새로운 흥밋거리는 보랏빛으로 피우는 치커리 꽃이다. 달맞이를 하느라 밤새 피었다가 해가 중천에 오르면 꽃잎을 접는다. 그렇듯 소리도 없이 꽃잎들을 활짝 피웠다가 지는 건 볼수록 신기하다.

그 모습을 보려면 서둘러야 한다. 그 앙증맞은 꽃을 보기 위해 아침이슬이 가기도 전에 밭으로 간다. 노란 해바라기 사이에서 어여쁜 꽃을 피우고 있는 치커리. 가까이 가면 꽃은 조용한데 꽃무리 속에서 붕붕거리는 소리가 삶의 현장이다. 벌들의 축제가 한창인 것이다. 이슬 머금은 치커리 꽃이 햇살을 받은 모습이 눈부시다. 눈부심 속에서 가만히 잎을 접는 꽃들은 때를 잘 지킨다. 아침부터 부지런을 떨었던 덕분에 눈과 맘이 호사를 누리는 순간이다.

밭에서 벌어지는 그 모든 풍경이 내게는 아침 축제다. 덩달아 세상을 보는 눈과 머리가 맑아진다. 날갯짓으로 벌이 들려주는 음악이 있고 나비가 춤을 선사한다. 앙증맞은 미물들의 배경이 되도록 흐드러지게 핀 보랏빛 치커리 꽃. 밭 둘레에 쳐진 주변의 푸른 산은 계절마다 열두 폭 동양화를 펼쳐 놓은 듯하다. 나는 그것들이 들려주는 공연을 가만히 듣거나 보다가 눈을 감곤 한다. 그 순간은 어떤 것도 머리에 들어오지 않는다. 그냥 그것만으로도 행복하다. 감사한 일이다. 다만 자연에서 오는 그 아름다운 순간을 혼자 즐기기가 아쉬울 따름이다.

우리가 한 것이라고는 발품 팔고 빚 얻어 마련한 밭에 씨를 뿌리고 물을 준 것이 전부였다. 그런데도 작물들은 척박한 땅에서 살아남기 위해 안간힘을 쓴다. 야속하게도 가뭄이 계속 되는 날에는 무늬뿐인 채소로 오그라들기도 한다. 떡잎을 달다가 흘러내리는가 하면 자라기도 전에 꽃 피우고 작은 열매를 달기도 한다. 그 모습은 시련으로 쉽게 삶을 포기하는 사람보다 기특하다. 먼 산에서는 까마귀 소리도 들리고 앞산에서는 뻐꾸기 소리가 난다. 가뭄 속에서 애처롭게 자라다가 멈춘 깻잎이 위로 받고 화답하듯 어깨춤을 춘다. 고요하던 바람이 흥을 일깨우는지 바람 따라 와서 터를 잡은 식물도 몸을 떤다. 그것들이 어우러져 춤사위가 벌어지는 현장은 텃밭 향연의 절정이다. 이렇듯 텃밭은 기대 이상으로 많은 즐거움을 누리게 한다.

가끔은 산에도 낯선 손님들이 찾아온다. 모습은 보이지 않지만 목소리가 좋은 녀석도 오고 그렇지 않은 녀석이 오기도 한다. 좋은 소리는 오래 들리기를 바라고, 시끄럽고 듣기 거북한 소리의 주인공은 빨리 떠났으면 하는 마음이 든다.

그런 마음 중에 나는 한 때라도 좋은 사람이었는지 돌이켜 본다. 나도 누군가에게 빨리 떠났으면 하는 불청객은 아니었 는지. 어쩌면 저들에게 아직은 나 또한 낯선 객인지도 모른 다. 편안한 마음으로 노래하고 짝을 찾는데 밭을 갈고 구덩 이를 파고 말뚝 박느라 시끄럽게 구는 불청객이었을지도 모 를 일이다.

어쩐지 오늘은 주변에서 아름다운 소리들만 들리는 듯하 다. 순간 내가 객이 되는 마음이라 그런 것 같기도 하다. 객 은 객다워야 하므로 매사에 조심하고 배려해야 한다. 양보하 고 느긋하고 편안하게 마음을 낮춰야 한다. 그러다 보면 자 연스럽게 작은 것에 감사하고 즐겁기 마련이니 주변이 아름 다울 수밖에 없다. 객이든 주인이든 텃밭 향연을 천천히 오 래도록 누리고 싶다.

괘종시계

시계가 또 말썽이다. 건전지를 갈아 끼웠는데도 맞지 않는다. 맞춰둔 시간에서 조금씩 느려지기 시작하더니 결국 멎었다. 작은 행사에서 기념품으로 받은 시계다. 이리저리 만져도 멈춰 선 시계는 꿈쩍도 않는다. 따로 수리를 하지 않으면 방법이 없을 것 같다. 흔해빠진 것이 시계라 적지 않는 경비를 지불해가며 굳이 고칠 이유가 없다. 결정을 하고 나니 마련한 사람의 성의가 마음에 걸린다. 버리고 나서도 한동안 마음이 개운하지 않았다.

잠자는 시간을 빼고는 휴대전화기를 만지작거리는 게 일상이다. 일부러 시계를 두지 않아도 큰 불편함이 없는 시대다. 어두운 곳에서도 터치만 하면 숫자가 요술을 부리듯 또렷이 보인다. 자다가도 굳이 불을 켜지 않고서도 시간을 알 수 있다. 심지어 매 시간을 알려주는 휴대전화기의 알람 기능이 있다 보니 시계 없이 생활하는 사람이 대부분이다. 예전과 달리 시계가 관심 밖으로 밀려나는 것이 조금도 이상할 것 없는 시대임에도 버린 시계가 짠하다.

그런 짠함이 불러들인 기억 하나. 시골집 마루에 있던 괘종시계다. 벽과 벽 사이에서 지붕을 떠받들고 있는 지주에 매달린 괘종시계는 위엄이 대단했다. 지붕을 받치고 있는 것은 기둥이 아니라 시계가 아닐까 싶었던 적이 종종 있을 정도였다. 괘종시계는 어머니의 자존심 같은 것이었다. 넉넉하지 않은 살림에 큰마음 먹지 않으면 사기 어려웠던 물건이다. 오랜 시간 별렀던 걸 어렸던 내가 알 정도였다. 몸에 밴 검소함에 어머니는 당장 필요하다 싶은 물건이라도 선뜻 사지 않는 성품이었다. 시계 하나 사지 못할 정도의 애옥살이는 아니었지만, 그것이 우리 집에 꼭 필요한가를 몇 번은 가늠하고 샀을 것이다.

쉽지 않게 마련한 괘종시계는 쓰임새가 제법 좋았다. 가족을 정해진 시간에 모이게 하는 것은 당연했다. 그보다 홀

룡한 역할은 작은 집의 지킴이가 된 일이다. 한적한 시골집의 고요를 깨우는 괘종시계의 종소리에 잠이 깼다. 그 소리가 우리 집의 희망의 종소리처럼 들렸다. 시계의 태엽을 감는 일은 내 몫이었다. 잠자리 날개같이 생긴 물건으로 나는 자주 시계의 태엽을 감았다. 시계가 느려지면 어머니는 말했다. 시계 밥 줘라, 그 말은 뭉그적거리던 나를 발딱발딱 일어서게 했다.

누구든 무엇이든 무관심으로 배를 곯게 해서는 안 된다는 생각 때문이다. 행상을 하던 어머니의 마음이기도 했다. 괘종시계는 특히 어머니에게 필요했다. 시간이 잘못되면 새벽차를 놓치기 마련이다. 그날의 일상을 흩뜨리게 되는 일이니 어머니는 시간에 많이 민감했다. 그런 상황을 염려하는 마음이 담긴 말이 '시계 밥 줘라, 사람만 배고픈 것이 아니다'라는 것이었다. 시계가 없을 때는 달의 위치를 보고 시장으로 갔던 어머니. 비가 오거나 흐린 날은 시간을 가늠하지 못해 깊은 밤중부터 집을 나서는 날도 흔했다. 잘못 가늠한 시간 때문에 몇 시간을 정류장에서 혼자 버스를 기다리기도 했으니 시계의 효용은 상상 이상이었다.

생활에 꼭 필요한 것인데도 오랜 시간 벌러서 산 괘종시계처럼 나도 다른 친구들에 비해 손목시계를 빨리 가지지 못했다. 중학교 2학년이 되면서 나는 처음으로 시계를 가졌다. 시계를 사주겠다고 말하고서도 반년을 넘긴 뒤, 기다리는 것에 진이 빠졌을 여름방학 때였다. 도시에 살던 외사촌이 번쩍번쩍 빛나는 시계를 사들고 우리 집에 들렀다. 어머니의 부탁이었는지 외사촌의 선물이었는지는 기억이 흐릿하다. 꽤 명품이었던 시계 덕분에 손목에 괜한 자신감이 생겼던 기억만 또렷하다.

시계는 줄이 너무 길었다. 손목에서 빙빙 돌기도 하고 무거웠다. 줄을 한 단계만 줄였는데 떼어낸 조각도 버리기 아까웠다. 한 번도 내 손목에 딱 맞은 적은 없었던 것은 그 때문이었다. 아무려나 나는 그 시계로 오랫동안 행복했다. 시간을 놓쳐 지각을 하거나 버스를 놓친 적이 없는 것은 물론이다. 시골 기둥에 매달려 있던 괘종시계에 대한 신기함이나 역할을 조금씩 잊게 되었다. 수십 년의 시간이 흐르면서 몇 번의 이사를 거쳤고, 낯선 집에 적응하는 것이 그만 싫었을까, 시계는 더 이상 그 역할을 하지 못했다. 아무리 만져도 시곗바늘은 움직이지 않았다. 그저 빈 벽에 기둥처럼 붙어 있을 뿐이었다. 이제는 버리라는 지청구에도 어머니는 묵묵

부담. 결국 멈춰 선 괘종시계를 현재 살고 있는 집까지 모시듯 가져다 놓았다.

고장 난 시계도 쉬 버리지 못하는 어머니다. 오래된 시계처럼 빈 시간들을 스쳐 보내는 중이다. 바늘도 추도 움직이지 못할 만큼 낡은 시계처럼 효도여행도 버거워하는 실정의 어머니. 비행기를 타려면 체크 인 수속부터 힘겨워 한다. 휠체어의 힘을 빌려야 하는 일을 번거롭게 여긴다. 지팡이는 또 하나의 팔다리가 된 지 오래다. 그러면서도 삶 자체의 고단함보다는 언젠가는 다시 건강하게 걸을 거라는 희망을 버리지 않는다. 괘종시계도 잘 수리해서 태엽만 감으면 다시 돌아갈 것처럼 느끼듯 어머니의 일상도 그러하리라 믿는 것일까. 비로소 어머니가 괘종시계를 버리지 못하는 이유가 짐작된다.

백발이 된 머리카락과 더딘 걸음, 느린 말투로 오래된 시계처럼 다가온 어머니가 내 앞에서 주춤거린다. 태엽을 감아야 하는데 그럴 방법이 없다는 생각이 불현듯 든다. 몸을 마음대로 어찌지 못하는 당신에 대한 측은지심을 기둥에 매달려 있으면서도 제 역할을 하지 못하는 괘종시계로 이관한 듯하다. 어머니가 멈춰 선 시계와 닮았다는 생각이 든다. 시계추처럼 쉬지 않고 살았던 청춘의 날들. 그 궤도에서 조금도 벗어날 수 없는 반복의 날들이었으니.

오빠도 나도 더는 멈춰 선 괘종시계를 버리란 말을 하지 않는다. 몸을 움직이지 않는 시간에도 어머니에게는 태엽처럼 감긴 기억이 있다. 멈춰 선 시계에게도 그런 기억을 부여하는지 멍한 시선이 곧잘 괘종시계로 향할 때가 있다. 그럴 때는 무료한 어머니의 눈빛이 조금씩 살아난다. 한 곳에 고정된 시선이 고승의 그것처럼 깊다. 괘종시계를 바라보는 어머니가 앉은 시골집 마루의 풍경이 아름다운 정물화 같다. 그 정물 속으로 뎅그렁뎅그렁 괘종시계의 종소리가 끼어든다. 그 사이로 노을이 기웃이 고개를 들이민다.

등을 달다

늦은 시간에 통도사로 향했다. 다급함 때문인지 차는 번
번이 정해진 속도를 초과했다. 잿빛 하늘이 내 마음 같았다.
매표소 창구에 다다르자 일곱 시까지만 나오면 된다니 조금
은 여유가 있었다. 서두른 보람이 있다. 입구에서 사찰까지
는 자동차로 제법 들어갔다. 오래전에 지인과 한 번 다녀간
적이 있지만 낯섦은 여전했다. 지척에 주차장을 두고도 지나
쳤다가 되돌아 나오기를 반복하는 사이 구름 사이로 보이는
해가 설핏하다. 마음이 급해졌다.

종무소를 찾았다. 다른 사찰에 비해 절의 규모가 큰 만큼
종무소 내부도 넓었다. 노인 몇이 창가에 굽은 등을 기댄 채

도란도란 이야기를 나누고 있었다. 부처의 집에 걸맞게 평온한 풍경이다. 철학관에서 받아 온 아이의 이름과 등록할 내용들을 적은 메모지를 접수처에 건넸다. 접수는 간단하게 끝났다. 며칠 있으면 아들을 위한 등에 불을 밝힌다고 했다. 일이 끝났는데도 쉽게 발이 떨어지지 않았다. 바쁘게 올 때와는 달리 홀가분하면서도 짧고 간단한 절차에 허탈한 생각이 들었다. 내 정성이 부족한 것은 아닌가 하는 노파심도 생겼다. 대체 나는 무슨 기대와 마음으로 사찰을 찾았던 것일까. 허망한 마음으로 종무소를 나섰다.

사찰에 등을 밝힌 것이 처음은 아니다. 몇 년 전에도 했던 일이다. 아들이 혹독하게 겪은 사춘기를 벗어날 무렵이었다. 당시 잠깐 머무르게 된 작은 절과 인연을 맺게 되면서부터였다. 그때나 지금이나 아들을 위해서 등을 다는 것이다. 집에서 독립을 하겠다는 아들이 살 집을 보러 다니다가 들은 말이 켕겼다. 아들에게 등이 꼭 필요하다는 말은 무조건적인 모성을 자극했다. 알면 병이고 모르면 약이라는 말이 있다. 듣고 나니 무시하기가 쉽지 않았다. 등이 비싸야 얼마나 비싸랴, 한편 내 마음 편하고자 한 것은 아닌가 싶기도 했다. 등을 다는 절차를 마치고 나니 마음이 편해졌다. 자식이 탄

탄하고 밝은 길을 갈 수 있다는데 등이 대수이랴 싶었다. 생각해보면 나의 속된 민낯을 보여주는 것 같지만 나는 어미가 아닌가. 어머니가 그랬던 것처럼.

어머니의 자식사랑도 남다른 것 같으면서 결국은 같았다. 당신 세대에는 한 해를 새로 시작하면 운세나 신수를 보러 가는 집들이 많았다. 그러나 어머니는, 대부분이 정초에 보러 다니는 신수를 보는 일이 없었다. 결혼 후 내가 한 해 신수를 봤다거나 절에 가서 등을 달았다고 하면 쓸데없는 짓을 한다며 나무라기도 했다. 그 마음을 왜 모를까마는, 당신의 신조는 그런 것을 한다고 해서 그 사람의 삶이 달라지지 않는다는 것이다. 대신 어머니는 하루도 빠지지 않고 하는 일이 있다.

새벽 시간에 가장 먼저 우물에서 물을 길어오는 일이다. 마을 사람 누구도 물을 긷기 전에 하는 일이었다. 비닐에 정성들여 싸두었던 신발을 조용히 꺼내 신고 사뿐사뿐 우물로 가는 걸 종종 보았다. 그렇게 길어온 물을 대접에 붓는 모습은 경건했다. 봉창을 통해 몰래 보면서 숨소리도 크게 내지 못할 만큼 정성스러웠다. 그 대접을 부뚜막에 고이 놓고 절을 하던 어머니. 선잠 깬 귀로 들어도 어머니의 중얼거림은 모두 자식을 위한 기도였다. 타국에 있는 아들들의 무사함을 빌었다. 잔병치레로 키가 덜 자라는 자식의 건강을 빌기도 했다. 험한 세상에 지치지 않기를 비는 기도도 모두 자식을 위한 것이었다. 어머니의 정성을 생각하면 나의 행위는 얼마나 무가치한 일인가. 몇 푼의 돈으로 마음 부담을 턴 것만 같아 달아둔 등이 문득 민망했다.

조용한 경내를 돌았다. 고목의 가지들은 서둘러 오래된 나뭇잎을 내려놓는 중이었다. 모두 껴안고 있는 것만이 능사는 아님을 깨우친다. 살붙이처럼 달고 살던 것들도 과감히 내려놓는 나무가 새삼 돌아보였다. 혼기도 차지 않은 아들의 독립이 쉬이 용납되지 않았다. 붙잡아 두고 싶은 마음은 당치도 않은 비유를 들먹이게도 했다. 여러 가지 문제로 부모 밑에서 더부살이 하려는 젊은이들이 많다는 막무가내 말을, 아들이 웃으며 막는다. 그렇게 부모 발목 붙잡고 사는 젊은이들이 많은데 제 스스로 살아가려고 하니 얼마나 다행이냐는 것이다.

독립시켜야 한다는 걸 모르는 바가 아니다. 그럼에도 혼자 살아가게 하기는 아직 불안했다. 그런데 아들의 말을 듣고 보니 불안한 건 아들이 아니었다. 내가 외로울 것을 염려한 것이다. 가족과 부대끼며 살지 못한 내 유년의 기억에 잡

혀서 아들의 독립을 무조건 막은 듯했다. 나는 사람이 북적
대는 것이 좋다. 사람과 사람 사이에서 사람냄새 피우며 사
는 것이 좋다. 집은 좀 번잡스럽고 정신없이 정돈되지 않아
도 사람들이 머물러야 집이라고 여긴다. 빈집처럼 늘 정돈되
어 있고 사람 소리보다 바람 소리가 더 많이 나는 집은 생각
도 하기 싫다.

경내를 돌아나오며 기도를 했다. 내 기도도 어머니의 것과
닮아 있었다. '신은 이 세상 모든 곳에 있을 수가 없어서 대
신 어머니를 만들었다'라는 유대인의 속담을 사찰에서 떠올
렸다. 어머니라는 존재만으로도 자식들에게는 그들을 위한
간절한 기도라는 생각이 들었다. 늘 그렇듯이 많았던 소망은
자식의 무탈함에 대한 기도가 되고 말았다. 더불어 더 큰 간
절함은 접기로 했다. 두레밥상에 모여 앉은 가족이 함께 밥
을 먹는 모습은 털어내기로 했다. 결국 아들의 독립을 말린
것도 같이 밥을 먹을 수 없음을 두려워했음이다. 혼자 밥 먹
고 혼자 잠들면서 세상과 화합하고 적응하며 사는 것이 진
정한 독립인 것을.

해가 이미 산속으로 스러진 지 오래다. 기도와 바람의 경
계를 허물듯 멀리 있는 사람들의 실루엣이 가뭇하다. 눈앞에

보이지 않는다고 해서 없는 것이 아니다. 만날 사람은 어떻게든 만나고 일어날 일은 어떻게든 일어난다고 하지 않는가. 아들을 독립시키는 일은 언젠가는 해야 할 일이다. 홀로서기를 하려는 아들을 이제는 기특해하기로 했다. 품에서 과감히 내려놓는 연습을 해야 한다. 기꺼이 격려를 보낼 수 있도록 스스로를 위로하고 나니 마음이 한결 가벼워진다.

　되짚어 나오는 길은 완전히 어둠에 쌓였다. 어차피 사람은 혼자 왔다가 혼자 떠난다. 누구나 제 몫의 삶을 살아야 한다. 소소한 것에도 의미를 부여하는 아들이 언제나 행복했으면 좋겠다는 기도를 한다. 소박한 나의 행복을 위해서이기도 하다.

관태기

언제부터였는지 몸이 나른해지고 마음이 무료하다. 사람을 만나는 것에서부터 일을 하는 것까지 시들하다. 어떤 여건에서 꼭 만나야 되는 사람이 아니라면 과연 이 만남을 지속해야만 하는가, 스스로에게 질문이 많아졌다. 연말연시를 비롯해 연례행사처럼 생기는 모임에도 마음이 가지 않는다. 부담스럽고 수선스럽다는 생각이 먼저 든다. 그런 생각이 가랑비에 옷 젖듯 미처 인지하지 못하는 사이에 젖어들었다.

한동안 내게 연이어 일어나는 일련의 것들이 단순히 체력 때문이라고 생각했다. 물론 체력의 한계도 무시할 수는 없다. 뿐만 아니라 으레 맺게 되는 관계에 대한 의문이나 부담이 적지 않게 작용했던 것도 사실이다. 오래도록 이어져 오던 작은 모임도 시들해지고, 마음 먹으면 일명 번개 친다는 말로 단번에 만남을 형성하여 어디든 떠나던 몇몇 지인과의 관계도 그랬다. 나만 유별나게 그러나 여기다가도, 그냥 조용히 내 할 일 하다가 마음 편하거나 보고 싶은 사람들과 가끔 만나며 살고 싶다는 생각으로 귀결되고 만다.

군이 이유를 찾자면 생활 반경이 너무 넓어진 탓이다. 그만큼 신경을 써야 하는 것들에 대한 부담이 크다. 제법 오래 전부터 사람과의 관계를 유지하기 위해 신경 써야 했던 것들이 피곤하다는 생각이 들었다. 생각의 리듬은 나이가 들수록 롤러코스터를 타듯 굴곡이 심했다. 그러나 나름대로 사람들과 적극적으로 어울리며 사는 것이 즐거운 순간도 많았고 일에만 매달리지 않는 내 모습도 좋았다. 소그룹으로 독서토론도 하고, 멀지 않은 곳으로 답사여행도 떠나며 삶에 활력을 불어넣었다. 그것이 삶의 모범답안이라고 생각했고, 그런 생활이 자연스러운 일상이 되었다.

내가 스스로 관태기를 겪고 있다고 느끼게 된 것은 너무 많은 에너지를 소진한 탓이 크다. 지친 몸에 대한 변화는 많은 것들에 영향을 끼쳤다. 몸이 힘드니 마음이 먼저 알고 멀리서부터 두꺼운 벽이 생겼다. 내가 왜 이러나 싶을 때엔 이미 몸과 마음이 내적 갈등을 겪고 있을 때였다. 사람관계는 때로 즐겁기도 하고 부담되기도 한다. 모든 관계가 즐겁기 위해 만나는 것은 아니지만, 사람을 만나서 즐겁지 않은 관계는 바람직하지 않다. 나 한사람 참으면 된다고 생각하고 불편해도 관계를 위해 참는 것이 누적되다 보니 어느 날 그것이 내게 화를 만들어 놓았다.

이런 상태가 나만 겪고 있는 감정은 아니지 싶다. 영양가 없는 일에 시간과 에너지를 소비하는 것에 싫증을 느끼는 사람들이 제법 많이 생겨나고 있다. 관계 맺기에서 신경을 쓰는 일은 고사하고 심지어 몸을 혹사시키는 일도 있어서, 그것에서 벗어나고 싶다고 말하는 이들도 있다. 살면서 관계 맺기는 일상의 소소한 것에서부터 수많은 사람들과 연결되는 것도 있으니 그 힘듦은 작으나 크나 같은 맥락이다. 지금 우리가 살고 있는 환경은 사람들과 관계 맺지 않고 혼자 살아갈 수는 없음이 현실이다. 그러나 그 관계라는 것이 관계 맺기를 좋아하는 일방적인 사람들에 의해서 만들어진다면 문제가 다르다. 부부 사이에도 오래 살다 보면 권태기라는 것이 오게 마련이다. 그럴진대 타인간의 관계라고 다를 리가 없다.

일로써 만나는 사람은 그것이 스트레스를 가져온다고 해도 응당 스스로 감당해야 할 부분이기도 하다. 허나 사적인 관계까지 스트레스가 되고, 이 관계를 지속해야 되는지 의문이 생긴다면 다시 생각해볼 문제다. 개선의 여지가 없다면 그런 관계는 서로에게 아무런 위로나 도움이 되지 못한다.

언제부터인가 너나없이 많은 사람들이 관계망을 연결하지 않으면 소외된다고 여기는 듯하다. 그로 인해 원하지 않는 사람들도 이리저리 연결되어 부담을 느끼게 하는 일들이 많다. 나 또한 그렇게 연결되는 것들이 많아지면서도 지금까지 선뜻 내키지 않거나 싫은 것에도 대부분 거절하지 못했다. 거절 의사를 분명히 전달하면 상대가 마음을 다치지 않을까 하는 주저함이 먼저 생기기 때문이었다. 거절하지 못하거나 주관적이지 못해서 생기는 차후의 문제들에서 편해질 수 없는 부담감에 짓눌리다 보니 오늘까지 왔다.

사람 관계에서 생긴 일에 왜 그랬는지 이유를 찾지 못했을 때는 나이가 들면서 변화에서 오는 신체적 이유라고만 생각했다. 그래서 생기는 문제들 때문에 거절하지 못해서 소극적으로 응대했다는 걸 깨달았다. 그러나 이제는 핵심이 없는 일이나 방해가 되는 인터넷상의 여러 사람과의 불편한 소통도 차츰 정리해가고 있다. 주체가 원하는 일방적인 방식이나 모임에 끌려 다니듯이 마음에 없는 일은 정중히 거절하기 시작했다.

사회 생활에 있어서 관계를 완전히 벗어날 수는 없다. 그러나 의미 없이 너무 복잡한 관계들을 맺고 살 필요는 없을 듯하다. 수없이 많은 모임과 동인활동, 일로 맺어진 것까지도, 깊이 생각해보면 혼자 있는 것에 대한 부담으로부터 나온 것이다. 이제는 그런 것들에서 조금 자유로워지고 적응해야 될 시기다. 우리 개개인이 언제까지 어떤 누구와 같이 있을 수 있겠는가, 혼자 덩그러니 남겨지는 시간도 오게 마련이다. 관계 맺기를 정리하는 것은 언젠가 혼자가 되는 연습으로 여겨도 좋을 하다. 관태기가 관계와 권태기를 합성해서 쓰는 말이라고 한다. 관계 속의 권태기보다 생의 주기에 적당한 자기 관리가 필요하다.

태어나면서부터 나의 뜻과 상관없이 당연하게 관계 맺기는 시작된다. 어렸을 때는 부모와 가족 속에 둘러싸여 성장하고 성인이 되면서 사회의 구성원으로 살아야만 한다. 그 연결에 충실하면서 맺은 관계들이라도 그것이 과하거나 불편한 차원이라면 스스로의 용량에 맞게 조절하는 것이 맞다.

사람에 따라 너무 냉정하다고도 하겠지만 몸과 마음에도 감당할 수 있는 무게가 있듯이 사람과의 관계 맺음에도 휴식이 필요하기 때문이다. 어떤 것이든 처음이 있고 현재가 있으며 그 다음이 있는 것이다. 일생의 필수 항목인 관계 맺기에 적절한 변화를 주고자 하는 사회. 나도 그 사회의 한 지점에 있다.

고를 풀다

팔십 나이에도 팔팔하다는 말은 희망인 것 같다. 그렇게 되고 싶거나, 그렇게 되어야지, 라는 자발적 노력의 필요성을 주입시키는 일이다. 어머니는 팔십팔 세다. 내 나이쯤일 때 어머니는 청춘이었다. 벌써부터 골골거리는 내 모습과는 비교가 되지 않는다. 어머니 기준에서 나를 보면 비교 불가다.

올해에 어머니를 위해 꼭 하고 싶은 일이 있다. 내게 남은 그 어떤 일보다 큰 과제다. 어쩌면 숙명처럼 주어진 일이라고 생각한다. 무덥고 지치는 날들이지만 이번 여름에는 어머니가 늘 부르는 노래를 녹음하겠다고 다짐한 일이다. 언제나 생각만 하고 형편이 여의치 않아서 여러 해를 넘기고 말았던 터다. 만날 때마다 듣게 되는 어머니의 노래에 어느 순간 가슴이 시려 왔다. 내가 지금보다 한참 젊었을 때부터 자주 듣던 노래임에도 새삼 가슴이 저린 이유는 나도 나이를 먹은 탓이리라. 그만큼 어머니를 더 이해하게 되었다는 의미이기도 하겠다.

어머니가 늘 부르는 노래에는 고단한 인생이 담겨 있다. 가사를 곰곰 되씹어 보면 그대로 어머니의 일상이며 고된 역사의 편린들이다. 순조롭지 못하고 고통스런 시집살이를 견뎌낸 세월이 그 몇 줄의 노래에 쓰디쓴 진액처럼 엉겨 있다. 누군가 당신의 삶을 보면서 만든 노래 같다는 말이 깊이 공감된다. 노래를 부른다고 고된 삶이 말끔하게 해소되지는 않을 것이다. 다만 막혀 있던 가슴 속의 화를 조금씩 덜어낼 수 있으면 족하겠다는 마음이다.

녹음을 위해 아침부터 서둘렀다. 녹음 시설을 처음 보는 어머니는 조금 긴장하는 것 같기도 하고, 어색해 했다. 약간 두려운 것도 같았다. 그럼에도 막상 노래를 시작한 어머니는 평소와 다를 것이 없었다. 카랑하면서도 구성진 음성에 어머니의 삶이 녹아들고 있었다. 하지만 녹음은 하고 싶을 때 하는 놀이가 아니라 어느 정도 강제성이 부여된 작업이었다.

생각날 때마다 불쑥불쑥 노랫가락을 들려주던 때와는 달랐다. 긴 시간 동안 기억나는 노래를 죄다 불러야 하는 일은 예삿일이 아니었다. 구순을 바라보는 어머니에겐 버거운 일이었다. 평소에는 잘 부르던 노래도 가사를 잊고 당황하는가 하면, 긴 시간 목을 쓰게 되니 목소리도 갈라졌다. 지친 표정도 조금씩 짙어갔다. 무리를 하나 싶었지만 다시는 기회가 올 것 같지 않아 이어서 녹음을 진행했다.

묶여 있는 어머니의 고를 풀어주기 위해서다. 어머니가 밤낮 노래를 부르는 것은 의지와 상관없이 묶여 있던 삶의 고를 푸는 일이라 여겼다. 지친 삶을 녹여내는 일이라, 오래 전 떠나보낸 피붙이들과의 질긴 인연의 끈을 자르는 일이기도 하다. 어머니의 뜻과는 상관없이 굴곡진 일가를 이룬 것도 스스로의 탓이라 여겼다. 그럴 때마다 불렀던 노래들을 호명하여 이제는 곳곳에 복병처럼 도사린 삶의 한을 하나씩 풀어냈으면 싶었다.

외가는 몰락이라고밖에 할 수 없을 정도로 무너졌다. 이런저런 예기치 못한 일들로 청춘이었던 피붙이들을 떠나보냈던 기억은 어머니 생의 전반을 지배했다. 게다가 결혼으로 이룬 가정은 또 다른 업이 되었다. 떨쳐내어 벗어나고 싶었던 순간들을 보탤 뿐이었다. 그런 고달픔을 이기게 한 것은 서너 소절의 노래였다. "이 작은 내 가슴에 있는 말을 어찌 다 할꼬?" 어머니가 부른 노래 가락의 한 소절이다. 가락은 익숙한데 가사는 생뚱맞다. 어머니의 한이 농축된 가사로 전달되었다.

어머니는 음색이 고왔다. 세월은 그런 음색도 비껴가지 않았다. 장시간의 녹음이 어머니를 지치게 했는지 그만하고 싶단다. 늙은이 노래를 누가 듣겠느냐며 고개를 젓는다. 평소에는 사람들 앞에서도 노래 부르기를 마다하지 않던 어머니였다. 하긴 당신의 노래를 녹음한다는 사실부터가 이미 자연스러운 일이 아니다. 연출되지 않은 삶을 연출로 풀어내는 일에 부자연스러움을 느낀 듯했다. "이기 뭐하는 거고?" 어머니의 힘없는 푸념에 왈칵 눈물이 솟았다. 이런 귀한 노래 아무나 부르지 못한다고 다독였다. 그 말 끝머리에 "내 죽고 나서도 듣고 있을라고?" "그때도 듣고 지금도 듣지." 한 번에 다 불러주지 않으니 감질나서 그런다며 눈물 섞인 너스레를 떨었다.

노래가 때로는 고를 더 단단히 묶는 실이 되기도 했다. 얼굴 가득한 주름살, 희디흰 머리카락, 초점 흐린 눈동자, 굽은 허리, 다 닳아서 깎을 것도 없는 손톱……. 어머니 온 몸이 풀어낼 길 아득한 고였다.

잠깐 휴식을 취했다. 다시 시작된 노래에는 진저리 치도록 아팠던 기억들이 조금은 희석된 듯했다. 힘들게 노래를 한 가락씩 이어나갔다. 처음보다 자연스러웠다. 중간중간 기억에서 놓쳐버린 부분도 있지만 그조차 무난했다. 노래하는 사이 고단한 삶이 조금씩 치유되는 듯도 보였다. 어느 순간 평소에 잘도 부르던 노래가 생각나지 않는다며 그만하자고 했다. 먼저 보낸 동생들에 대한 그리움이 사무친 듯했다.

어머니는 생의 절반을 노래로 풀었을 게다. 특별히 가다듬고 부르지 않은 노래들에서 진정성이 느껴졌다. 보지 않았던 어머니의 젊은 날까지 고스란히 그려졌다. 살아가는 동안 어머니는 스스로 부른 노래들을 들으며 위로를 받으리라. 쓰린 상처였던 당신의 기억에 딱지가 앉길 바라는 내 마음도 전해지기를 바랐다.

그날은 하필 가장 무더운 날이었다. 지친 어머니를 보는 동안은 안쓰러웠지만, 녹음을 겨우 끝내고 집으로 돌아오는 길은 어려운 숙제를 해낸 듯했다. 작별인사 할 틈도 없이 갑자기 먼 길 가면 어쩌나, 내내 조바심이 일었던 터였다. 그래서 서둘렀던 일에 미안함도 들었다. 복잡한 감정을 감추려고 집으로 돌아오는 동안 창밖 풍경에 의미 없는 말을 걸었다. 아쉬운 녹음이었지만 아마도 다시는 이런 기회를 만들 수 없을 것 같다. 어머니는 언제 다시 오겠느냐며 사진을 찍듯 뚫어져라 창밖을 바라보고 있었다. 한 컷, 한 컷 그 기억 속에 선명히 새기는 모양이다. 지팡이를 짚거나 휠체어를 타고 다니는 동안 행여나 불편해 할까봐 웬만한 길은 자동차를 탔는데도 어머니는 힘들었던 것 같다. 내가 그런 델 언제 또 가겠나, 어머니의 한 마디를 위안으로 삼을밖에.

집으로 돌아와서도 어머니는 말이 없다. 넋을 놓고 있는 어머니를 보는 일이 익숙하지 않다. 늘 동동거리며 빠르게 돌던 어머니의 시계태엽이 늘어진 듯 서글프다. 다 풀고 나니 속이 시원하다는 듯한 표정이 언뜻 편안해 보여서 그나마 다행이다. 묶인 고를 풀어주고자 했던 일이 어머니의 삶에 대한 애착까지 풀어버린 건 아닌지 문득 겁이 나기도 한다. 복잡한 심경 중에도 굳이 위안이 되는 건, 두서없이 엉킨 실타래를 잘라내지 않은 일이다. 어머니의 삶을 아픔으로 묶었던 고를 하나하나 노래로 풀어낸 것은 잘한 일 같다.

향기를 읽다

이른 아침 혼자서 카페에 들어선다. 밖에는 다문다문 겨울 비가 가볍게 내린다. 향긋한 커피 향이 그만이다. 커피는 언제나 기대를 저버리지 않아서 좋다. 오늘도 손님은 나 혼자다. 처음 얼마 동안은 혼자서 커피를 마시는 것이 조금 낯설기도 했다. 낯섦도 자주 하면 익숙함이 되는 것이다. 출근 전에 가끔씩 내게 주는 하루의 선물이다. 달콤한 카페라테 위에 휘핑크림을 곁들인 커피 향의 달콤함은 하루를 시작하는 에너지가 된다. 이제는 익숙하고 편안한 곳이 된 카페가 한때는 가고 싶지 않은 곳이기도 했다.

몇 년 전에 조그마한 카페를 오픈한 적이 있다. 언젠가 한 번은 카페를 하고 싶다는 생각을 간직하고 있었기에, 딸을 위한 것이란 명분을 내세웠지만 솔직히 말하면 나의 로망이기도 했다. 어떤 일이든 생각하여 결정이 나면 뒤에 생길 작은 문제들은 깊이 염두에 두지 않고 일을 저지르고 보는 성격이다. 도전적인 성격이어서 결과적으로 잘 된 일들이 많았지만 나쁜 예들도 있었다. 카페 오픈은 나의 빠른 결단력이 무모하게 저지른 좋지 않은 결과물 중 하나다. 여간 무모한 일이 아니었다. 다른 일을 가지고 있던 나에게는 두 가지 일이 버거웠음에도 우아한 카페 주인의 이미지에만 꽂혀서 이미 돌아갈 수 없는 강을 건넌 것이다. 잘못된 선택이었음을 깨닫기까지는 그리 오랜 시간이 걸리지 않았다.

카페에서 시작하는 하루 일은, 아침 일찍 출근해서 가장 먼저 하는 것이 커피 콩을 가는 일이다. 콩이 갈리면서 풍기는 고소하고 향긋함이 좋았다. 처음 얼마간은 하루가 향기롭게 시작되었다. 그 향기가 쓸쓸하거나 씁쓸한 날이 조금씩 생겼다. 비라도 오는 날은 특히 그랬다. 그런 날은 실내가 한적하다. 비라도 오니 다행이라 여겼다. 손님이 없어도 아침부터 애먼 커피만 계속 내렸다. 날씨 때문인지 커피 향이 밖으로 빠져 나가지 못하고 바닥으로 내려앉으면 마음이 무거

위지곤 했다.

손님들은 우르르 몰려왔다가 몰려가곤 했다. 카페에 늘 오는 손님들이 단합이라도 하듯 발걸음을 하지 않는 날도 있었다. 심지어 날마다 얼굴 보여주던 단골도 기척이 없는 날. 대뜸 전화해서는 뭐하냐고 묻는 지인에게 개미 새끼 한 마리도 안 지나간다고 했더니 그가 호탕하게 웃었다. 하하 하……. 공허한 웃음소리가 실내를 채웠다. 짓누르고 있던 일상의 무거운 스트레스까지도 날려버리고 싶은 웃음이었 다. 잠깐이지만 그와의 유쾌하고 짧은 교감 때문인지 나 스 스로에게 꼬였던 심사도 조금은 풀리는 듯했다. 마음을 다스 리지 못함도 모두 내 안에 있는 스스로의 문제였음을 깨달 았다.

마음을 다잡고 커피를 내렸다. 오로지 나를 위한 시간이 되었다. 커피 향은 그 어떤 방향제보다 머리를 맑게 한다. 커 피를 마시기보다 향을 오래 맡았다. 실없이 커피 콩을 갈고 내리기를 반복했다. 그 향긋함에 반해서다. 메뉴판에 있는 것들을 이것저것 만들어 한 모금씩 먹어본다. 평소에는 안 하던 행동이다. 딸아이가 곁에서 지켜보았다면 십중팔구 왜 그러냐며 짜증을 냈을 것이다. 손님도 없는데 저지레나 하고 있는 엄마가 한심했을 것이다.

커피는 없던 그리움도 만든다. 하루 종일 카페에 앉아서 사람들을 만나고 차를 마시면서 지친 마음에 여유를 갖고 싶었다. 처음 얼마 동안은 출근하는 것도 좋았고 커피를 내리는 것도 좋았다. 그러나 사람과의 관계는 내가 그려오던 생각처럼 이어지지 않았다. 나는 커피 향만큼이나 사람이 좋았다. 밤은 어김없이 깊어가고 카페에 왔던 손님들이 돌아가고 나면 온전히 혼자가 된다. 밀려왔던 바닷물이 썰물처럼 빠져나간 바닷가에 홀로 서 있는 듯하다. 훈훈한 실내에 스산한 바람이 일었다. 시간이 가면서 어딘가에 매인다는 것은 사람을 더 외롭게 한다는 것을 알게 되었다. 가슴 한 구석에 커다란 구멍을 하나 가지고 있는 것 같았다. 사람이란 어차피 누구나 혼자가 아니던가. 익숙해질 만도 한데 외로움이 시시때때로 다가왔다.

유난히 사람을 좋아하게 된 것도 유년의 흔적 때문이었다. 피치 못할 사정으로 혼자였던 시간이 많았다. 혼자서 밥을 먹었다. 추녀 끝의 밤은 항상 어머니보다 먼저 왔고, 두려움을 보듬고 잠들기가 일쑤였다. 정체도 알 수 없는 외로움에 너무 일찍 익숙해졌던 것 같다. 그 기억들이 내 마음 어딘가에 깊이 각인되어 있는 모양이다.

외로운 것과 그렇지 않는 것의 물리적 차이를 정확히 가늠할 수는 없다. 그냥 사람이 좋다. 외로움을 피하기 위한 방편인지도 모른다. 그래서 집이나 일터에도 사람이 모여드는 게 좋다. 여러 사람이 모여 밥을 같이 먹고 생각을 공유하고 싶어진다. 더 솔직히 말하자면 사람 온기에 끌린다.

사람의 온기가 좋은 것은 어느 날 부산스러운 친구 집에 들렀을 때 느낀 따뜻함을 알고부터다. 사람의 말투 속에 온기가 있다는 것을 알아버린 것이다. 휴일에 어쩌다 집에 혼자 있는 날이면 낮이 지나고 밤중이 될 때까지 불도 켜지 않은 거실에서 어둑귀신처럼 소파에 앉아 누군가 돌아올 때까지 시간을 죽이기도 한다.

사람 속에서 살자고 시작한 카페를 근근이 일 년여를 끌다가 내려놓았다. 누르고 있던 천근의 무게를 걷어낸 듯 홀가분했다. 얽매여 사는 것보다 자유로움으로 누리는 호사가 이리도 향기로웠을까. 커피가 바닥을 드러내고 어느새 카페를 나설 시간이 되었다. 손님이 들어서서 다행이다. 주인만 남기고 내가 떠나면 텅 비어버릴 카페에 마음이 쓰인다. 아직도 지나온 기억의 잔재들이 남아서일 게다. 손님이 들고 나는 것이 예사로이 봐지지 않는다. 자유롭지 못했던 까마득한 기억도 커피 향처럼 스몄다가 퍼져나간다. 이 카페가 조금씩 정이 들어가는 것을 보면 나도 단골이 된 듯하다. 커피를 내리던 그때를 기억하며 자유로이 커피 향기를 따라 다시 올 것이다. 여전히 커피는 향기롭다.

도시락

출근을 하려는데 딸아이가 도시락이 든 쇼핑백을 들려준다. 받아든 손이 떨린다. 딸도 쑥스러운지 대충 만들었으니 기대는 하지 말라고 한다. 아이가 처음으로 싸준 도시락이다. 내가 싸준 도시락만 받아먹던 아이였는데 이만큼 자라서 예쁜 짓도 자주 한다 싶어 감동이 밀려온다. 이 귀한 것을 아까워서 어떻게 먹을까 했더니 종종 싸줄 터이니 맛있게 먹으라며 돌아선다. 나는 쇼핑백을 들고 쉽게 집을 나서지 못했다. 딸아이에게도 나에게도 시간이 잘 흘러가 준 것에 감사해야 할까보다.

사무실에 도착하자마자 책상 위에 도시락을 펼쳐놓고 사

진을 찍었다. 아이가 종종 싸준다고는 했지만 짐작하건대 앞으로도 도시락을 들고 출근할 기회는 별로 없을 것 같다. 그래서 더 귀하다. 펼친 도시락을 오래도록 바라보았다. 내 딸이지만 가끔은 살갑지 않다고 여겼는데 언제부턴가 많이 달라졌다. 그런 딸이 스스로 만들어 주는 것이니 그 감동이 더하다. 이런 것이 엄마의 마음일까, 가슴 뭉클함은 딸이 도시락을 싸준 것 때문만은 아니다. 아주 오래 전에 어머니가 싸준 평범한 날의 특별한 도시락 때문이기도 하다.

나는 초등과정을 빼고는 이리저리 옮겨 다니며 학교에 다녔다. 처음에는 이모네에서 다녔고, 그 다음부터는 남해와 부산을 오가며 혼자 자취 생활을 했다. 그때부터 숙식은 언제나 나 혼자의 몫이었다. 더러는 도시 생활이 서툴러 추운 방에서 굶는 날도 있었다. 그때마다 자주 떠오른 것은 어머니의 도시락이었다.

내가 다닌 초등학교는 마을과 그렇게 멀지 않았다. 등 너머 이웃 마을에 사는 몇몇 아이들을 빼고는 대부분의 친구들이 점심시간이 되면 집으로 점심을 먹으러 갔다. 어느 겨울이었다. 그날도 어머니는 전날 준비한 시금치며 쪽파를 들고 새벽에 시장으로 가고 없었다. 여느 때보다 유난히 추운 날이었다. 아침을 챙겨 먹으려다가 귀찮은 생각에 그냥 학교에 갔다. 아침을 굶은 상태로 오전 수업이 끝나갈 즈음 교실 문을 두드리는 소리가 났다. 우리는 마치 약속이나 하듯 소리 난 곳으로 얼굴을 돌렸다. 누가 들어설 것인지 궁금해서이다. 담임선생님이 문을 열자마자 고개를 내미는 사람은 머리에 수건을 쓴 어머니였다.

우리는 일제히 환호성을 질렀다. 어머니의 손에는 나일론 보자기로 싼 도시락이 들려 있었다. 시장에서 돌아와, 딸이 아침을 굶고 간 것이 마음에 걸렸던 것이다. 선생님께 도시락을 전해주고 돌아선 어머니는 운동장을 빠르게 가로질러 갔다. 선생님이 내게 도시락을 들려주고는 맛있게 먹으라며 등을 토닥였다. 밥이 따뜻할 때 내게 전해주려고 들숨날숨으로 얼마나 서둘렀을지 그 마음이 뜨거운 온기로 전해졌다. 나는 따뜻한 도시락을 안고 창가에 섰다. 빠르게 걸어가는 어머니의 뒷모습에서 눈을 떼지 못했다. 수업을 마치는 종이 울리고 아이들이 내 도시락 쪽으로 우르르 모여들었다. 부러운 눈으로 바라보는 아이들 사이에서 나는 도시락을 더 꼭 껴안았다.

그 당시 시골살림에 특별한 반찬이 있을 리 없었다. 그럼에도 친구들의 눈빛에는 부러움이 가득했다. 어머니가 두고 간 따뜻한 도시락 보자기를 풀고 뚜껑을 열었다. 방금 지어서 김이 모락모락 오르는 도시락 귀퉁이에서 노른자를 봉긋이 살린 달걀이 김 오르는 밥을 예쁘게 덮고 있었다. 고만고만한 무가 달린 무청에 마른 고추를 절구에 찧어서 만든 무김치가 잘 익은 냄새를 풍겼다. 따뜻한 밥과 환상적인 조합을 이루는 냄새였다. 그 이후로 기억에 남는 도시락을 먹어본 적이 없는 것 같다. 그 한 번으로도 나는 충분했다.

반찬이 특별하든 아니든 누군가의 도시락을 받아본 기억이 오래되었다. 아이들에게 도시락을 싸준 기억도 별로 없다. 아이들이 어릴 때는 오전 수업을 했고 고학년이 되면서는 급식을 했다. 그런 딸이 싸준 도시락을 열었다. 제법 솜씨를 부렸다는 걸 알 수 있었다. 솜씨를 부렸다고는 했지만 실상 나보다 손맛도 더 나았다. 물론 젊은 세대들이 하는 메뉴가 다르지만 딸아이는 일반적으로 먹는 가정식도 맛을 내는데 있어서는 손맛이 좋은 편이다. 도시락에 담긴 반찬 가짓수도 제법 되었다. 시금치나물은 조금만 신경 쓰지 않으면 너무 물러져서 먹을 수 없는데도 적당하게 잘 데쳐 식감이 좋았다. 멸치조림과 꽈리고추 볶음 옆에는 먹음직스럽게 만든 가지 무침까지 곁들였다. 그 겨울 어머니가 싸온 도시락을 보는 듯했다.

혼자서 탁자에 펼쳐놓고 도시락을 먹었다. 울컥했다. 나이가 들어도 아기처럼 오래도록 품속에 끼고 살았으면 했는데 딸아이는 내가 염려하는 것 이상으로 잘 자랐다. 나의 지나친 욕심이었을까, 어머니와 같이 하지 못했던 어린 시절을 딸에게는 결코 갖게 하고 싶지 않았다. 딸과 오랜 시간 공유하며 그때의 허전함과 외로움을 치유하고 싶었던 것인지도 모르겠다. 그럼에도 어머니로부터 딸에게 이어지는 감정은 애틋함이다. 딸에게 갖는 애틋함의 본질이 함께 있으면서도 일에 지쳐서 소원했던 것이라면, 어머니에게 갖는 애틋함은 평범하지 못했던 일상에서 오는 안타까움이다. 이 두 감정은 내 삶의 과정에서 결코 끊어낼 수 없는 진행행이다.

가마솥에 갓 지은 밥을 식을까봐 품안에 꼭꼭 안고 달려왔던 어머니도 세월을 비켜가지 못한다. 거동이 불편해서 이제는 지팡이를 의지하고 산다. 금쪽같은 자식들이 사는 모습을 보러 아들네 집에 다니던 때는 이제 꿈이 되어버렸다. 가슴 시리게 키운 자식들을 기다리는 일이 전부다. 자식 바라기를 하다가도 기회가 되어 우리가 어머니를 보러 가는 날에는 이른 아침부터 바다에서 눈을 떼지 못한단다. 그런 어머니를 보고 돌아오는 길은 늘 아프다. 자주 찾아뵈어야지 하는 마음도 일상에서 공수표가 되고 만다는 걸 알기 때문이다.

봄이 오면 나도 어머니가 좋아하는 것으로 만든 도시락을 싸야겠다. 당신이 생에 한 번은 가고 싶었던 곳과, 행상으로 걸었던 삶의 길도 같이 가고 싶다. 어머니의 부드러운 지팡이가 되어서 그 어느 겨울날의 도시락을 이야기하며 전라도로 경상도로 느릿느릿⋯⋯.

마의 구간

　나의 신상은 늘 병원에서 털린다. 질문의 요지를 모르는 것도 아니지만 매번 난감하다. 오래된 기억을 더듬어서 조목조목 말해야 한다. 병력의 호구조사와 함께 나를 거쳐 간 굵직굵직한 질병의 시간들을 기억해내야 한다.

　그럴 때마다 난감해진다. 뭉텅뭉텅 빠져버린 기억 때문에 가끔은 백지가 되기도 한다. 어디 중요한 곳에 적어두었다가 복사라도 해서 제출했으면 싶다. 구차하지만 필요하다니 어쩌겠는가? 가족력에 대해 물으면 난처하다. 아직 그 어느 유수한 석박사도 이기지 못한 무서운 질병으로 두 분이 떠났다. 할머니와 아버지다. 할머니와는 따뜻한 기억도 없다. 그랬는데 그 내력을 떨칠 수 없다니 거부하고 싶은 혈연의 연결이 좀 억울하다는 생각까지 든다.

아이들을 낳을 때의 기억도 돌이키기 불편하다. 자연분만인지, 인공분만인지, 첫 생리는 몇 살 때였고, 첫 출산은 언제였는지 배꼽이며 생식기의 역사까지 과감히 물어오면 더 난감해진다. 갱년기라는 낱말 앞에서 잠깐 심호흡을 한다. 수술은 언제 몇 번을 받았느냐는 물음에도 정확한 시기가 기억나지 않는다. 어느 해부터인지 내게는 대략이란 단어가 습관처럼 입에 붙어 버렸다. 처음 얼마까지 병원 문턱을 넘나들 때는 소름끼치도록 기억이 잘 되었다. 해를 거듭할수록 기억은 처음 것에 보태어져 무뎌졌다. 첫 수술은 대략 몇 년, 그 다음은 얼마 정도, 교통사고는 약 몇 년 전 등등. 이제는 대략 십여 년 너머로 묶어버렸다. 살다 보니 기차나 지하철 등 교통수단에만 구간이 있는 것이 아니다. 사람의 일생에도 구간이 있는 것 같다. 내게 그 시간들은 지나온 하나의 구간이었다.

아마 두 해 남짓 넘기고 나면 그 많은 이력들이 두 구간으로 나뉠 것 같다. 생애를 통틀어 나는 지금 어느 구간에 머물러 있는 것일까. 스포츠 경기 중에 마라톤이나 철인 3종 경기에 마의 구간이 있듯 사람의 일생에도 마의 구간이 있다는 생각을 종종 한다. 때때로 나는 지금 마의 구간을 넘어가고 있는 것은 아닌가 싶다. 얼마 남지 않은 올해가 가고, 다음 해가 지나가면 나의 마의 구간은 지나갈 것이다. 스스로 그리 생각하다 보면 염치없는 일련의 일들까지 조금은 가볍게 지나치게 된다. 그것이 무엇이든 그렇게 믿고 싶다.

빽빽한 병원 문진표 칸을 메우면서 깨닫는다. 나의 몸은 몇 번 마의 구간을 살아냈음을. 마의 구간이 무한하게 길어질 수는 없다. 그건 스스로의 위안이다. 삶의 길목을 지나거나 어떤 물리적 행위에 있어서 몸이 마의 구간을 지나간다면 마음의 것도 함께 지나갈 것이다. 따지고 보면 지나온 시간들이 모두 힘들었던 것만은 아니다. 좋았던 시간들이 더 많았기에 힘든 것도 바람처럼 스쳐 보낸 게다. 그러나 마의 구간에는 대부분 병원과 가까이 지냈다. 이번에도 그렇다. 종합검진에서 이상소견이 발견되었단다. 아니겠지 싶으면서 만에 하나 문제가 생기면 어쩌나 하는 불안감에, 며칠 전에 했던 검진이 덜컥 겁을 준다. 호미로 막을 일을 가래로 막을까봐 미리 겁부터 먹는 것이 사람이라서 그런 것 같다. 재검을 위해 병원을 다시 찾았다. 담당의사의 말은 찰기가 하나도 없음에도 기름진 듯 매끄럽다. 유려한 그 말이 건조하다 못해 귓속의 이명처럼 다가온다. 의사의 입술만 멍하니 바라본다.

이미 진료실 문을 열고 들어서는 순간부터 나는 을이 된다. 보통은 고객이 갑인데 진료실에서는 통하지 않는다. 아이러니가 아닐 수 없다. 의사는 환자가 듣고 싶은 위로의 말보다 자기가 하고 싶은 말만 한다. 내가 듣고 싶은 말들은 '질병이 있으나 위험하지 않다. 얼마간 치료만 하면 되니 안심해도 된다.'라는 정도다. 그러나 마주한 의사는 내 생각은 아랑곳없다. 상세하게 그림을 그려가며 낙서처럼 내뱉는 말이 모래알처럼 버석거린다. 그래서 어쩌라고요, 하는 말이 목구멍까지 오르는 걸 꿀꺽 삼킨다. 달리 처방도 해주지 않고, '지켜보자'라는 말이 사람을 더 불안하게 한다. 재검 날짜가 적힌 종이를 받아들고 병원 로비에 있는 의자에 앉는다. 환자복을 입은 사람들이 휠체어를 밀고 지나간다. 저들에게는 지금이 마의 구간 중 어느 부분일까. 망연히 바라보다가 내가 정한 스스로의 마의 구간에서 마음이 먼저 슬쩍 비껴난다.

뜨겁고 열정적으로 살았던 때가 있었다. 숨이 차도록 가쁜 일상들이었다. 돌이켜보면 나도 느끼지 못한 채 지나간 마의 구간이었다. 그냥 기다려 보잔다. 그럼에도 아직 재검의 시간도 남아 있고, 치료 가능한 여지도 있다는 의사의 말에 생의 기대를 다 걸었다. 듣고 싶은 말만 챙겼는데도 귓전에서는 그 단어들이 저들끼리 수군거린다. '괜찮다. 잘 될 것이다. 희망적이어서 그나마 다행이다. 더 늦지 않아서.' 등등의 속닥거림이다. 아무려나 달콤한 단어이기도 하지만 희망적이지 않은가. 병실 문을 나서는데 햇살이 눈부시다. 간호사에게 적어 준 내 신상 털기에 대한 난감함도 맑은 햇살 속에다 날려버린다. 가족력이나 출산력, 다수의 수술까지 적었던 나의 마의 구간은 그 종이 한 장의 이서로 소멸되었다. 나는 다시 새로운 구간에 들어선다.

  가벼이, 새털처럼 가벼이.

메마른 일상에 물주는 법

진눈깨비가 내린다. 마음이 또 롤러코스터를 탄다. 어지러이 흩날리는 것은 진눈깨비가 아니라 내 마음이다. 이런 날은 핑계를 만들고 싶어진다. 그날도 그랬다. 누가 이끈 것도 아닌데 울산역으로 차를 몰았다. 무작정 부산행 기차를 탔다. 딱히 부산으로 가고자 한 건 아니었다. 가장 빠른 기차가 부산행이었을 뿐이다.

부산역으로 가는 내내 마음은 더 어수선했다. 무엇을 해야 할 것인지, 누구를 만날 것인지, 왜 가는 건지 등등의 생각들이 순서도 없이 머리를 어지럽혔다. 갈피를 못 잡고 허둥대던 마음을 잡은 것은 그리운 이름 하나였다. 전화를 걸었다.

1부 그때도 듣고 지금도 듣는 노래

신호가 길어졌다. 통화가 안 된 것이 얼마나 다행인가. 어지러이 이곳저곳을 헤매던 마음이 정리되었다. 부산이 목적지였고, 그를 만나기 위해서 나섰다는 생각은 핑계였다.

내가 누구인지조차 잊고 살 만큼 분주한 일상에서 사정없이 잘라낸 하루였다. 오로지 나만을 위해 쓰기로 했다. 동행이 없어도 좋았다. 목적 없이 떠돌 만한 장소도 정했다. 요동치는 내적 충동에 충실해도 좋을 만한 구실이 생긴 것이다. 나의 젊은 시절이 널려 있는 남포동과 부평동, 용두산공원을 마구 휘젓고 다녔다. 오래되었던 왕자극장은 기억의 단초에 불과했다. 외사촌과 매일 부평동과 보수동을 거쳐 용두산공원에서 운동을 했던 기억도 불러냈다. 공원의 신선한 아침공기를 마시며, 오래도록 변함없었던 날들이 같은 크기로 길게 이어진 프랑크소시지처럼 딸려나왔다.

시장통은 예전과 달랐다. 넓고 길어진 데다 복잡했다. 동일업종끼리 이어진 상점 이곳저곳을 눈으로만 훑었다. 어느 골목에 다다르자 낯익은 풍경이 어제처럼 떠올랐다. 낮은 의자에 엉덩이만 걸치고 앉았던, 일명 먹자골목이었다. 그 골목에만 들어서면 하루의 피곤함도 일순간에 사라졌던 시절이 볶음만두와 잡채에 떠올랐다. 어두컴컴한 등 밑에서 잡채를 먹는 것만으로도 행복했다. 잡채라기보다는 삶은 당면에 간을 한 것이라 해야 옳다. 막 삶아낸 뜨거운 당면 위에 어린 배춧잎을 찢어서 얹거나, 부추 몇 가닥을 초록 고명으로 얹은 것이 고작이다. 갖가지 채소와 당면을 섞어 맛깔나게 볶아낸 음식의 이름을 당면이 혼자 차지한 것이다. 식용유만 듬뿍 넣고 볶은 당면이 내는 반짝임에 늘 끌렸다. 젓가락으로 몇 번 먹고 나면 접시 바닥이 깔끔하게 드러났다. 나의 밑천이 거기 있는 것처럼 가끔은 식후가 더 허기지기도 해서 도망치듯 빠져나오곤 했던 골목이다.

잡채를 시켰다. 누들면이라는 이름을 붙이고 싶은 모습은 여전했다. 나름 사소한 것에 스스로 의미를 부여하며 살았던 시절이 누들을 덮은 몇 가닥 부추처럼 선명하게 떠오른다. 한 젓가락도 되지 못할 초록 고명이지만, 난해했던 젊음의 씨앗처럼 소중하다. 자주 밤 골목을 배회하던 20대의 모습이 얼비친다. 늦은 밤 친구와 헤어져 지친 몸을 외가의 대문 안으로 들이밀었다. 희망도 없으면서 절망스럽지도 않았다. 큰 갈등도 조바심도 없던, 어영부영이 걸맞은 모습이다. 미래의 청사진이 없었던 것은 당연하다. 그 당시 내가 막연하게 생각한 독립의 의미는 그저 스스로 살아내는 것이라 여겼던 것 같다.

한적한 어촌을 떠날 당시 나는 아무것도 없었다. 독립한다는 생각뿐이었다. 그런 내가 부산에서도 가장 부산스러운 시장통을 누비면서도 고분고분했던 것은 스스로의 힘으로 살아내야 한다는 생각 때문이다. 시장통 여자들의 억센 악다구니나, 진심이 담기지 않은 호객행위를 보면서 기가 죽은 이유도 있다. 자생력을 바탕으로 살아야 하지만 나에게는 시장통 여자들이 가진 그 무엇도 없었다. 틈만 나면 생선냄새에 찌든 자갈치의 가판대 사이를 하릴없이 거닐었다. 묘한 끌림이 있는 풍경에 허기도 느껴지지 않을 때가 많았다.

시장통이 끝날 즈음에야 허기가 느껴지지만 궁색하지 않았다. 거기서 만나는 작은 책방 덕분이었다. 시장 끝에 달린 책방은 생뚱맞았지만 반가웠다. 몸의 허기까지 궁핍하지 않게 다독였다. 치열한 삶의 현장을 아우르듯 조용하게 자리를 지키는 책방은 초라한 나의 현실을 다양한 것들로 채워주기에 충분했다. 구석에 숨듯이 앉아서 몰래 책을 읽어도 미안하지 않았다. 짐짓 눈감아주는 주인의 마음 덕분에 그 책방은 내 삶의 균형을 잡아주던 안식처였다.

어느 순간부터 시장통을 쉬이 지나치게 되었다. 첫 월급으로 책을 사면서 나는 그 책방의 단골손님이 되었다. 단골방 문객에서 손님이 된 것이다. 얼마 되지 않은 월급이지만 그 덕분에 좀 더 자주, 좀 더 당당하게 책방을 찾았다. 병원 가는 길에도, 외사촌과 시장통을 누빈 끝에도 습관처럼 들렀다. 지금도 생각하면 쑥스럽기는 하다. 불쑥불쑥 튀어나오는 깜도 안 되는 문학에 대한 나의 허세는 그때부터 시작되었던 것 같다. 얇은 월급봉투를 들고 서점에서 책을 왕창 사는 일은 행복한 사치였다. 제법 큰돈을 툭 지불하는 순간의 행복감이란. 묵직한 책봉투를 끌어안고 경사진 언덕에 있는 집으로 돌아올 때는 세상 어떤 부자도 부럽지 않았다. 다음 월급 때까지 시장통에서 잡채를 사 먹는 일까지 참아야 할 만큼 돈이 아쉬울 때는 몹쓸 짓에 낭비를 했다 싶기도 했다. 그러나 시장통을 벗어나 서점을 들르면 금방 잊히는 후회였다.

좁은 방 가득 책을 펼쳐 놓고 나면 다시 행복했다. 멍하니 앉아 있어도 한 달을 힘들게 일한 나의 수고에 대한 보답이 결코 얄팍하다는 생각이 들지 않았다. 그것은 자존심이며 자긍심이었다. 그런 환희가 거듭될수록 월급에서 남는 돈 봉투는 더 얄팍해졌지만 싫지 않았다. 스스로 궁색하게 느끼지 않고 끼니를 건너뛰어도 다음날이 행복했던 것은 그 도심

속에서 살아가는 나만의 기술이었다. 나는 그 도심의 변두리를 사랑했다. 도심의 불빛을 내려다볼 수 있는 특권이라고 여기기도 했다. 단골 책방이 있는 것도 행복했다. 문을 열고 들어서면 주인이 불러주는 나의 이름이 그렇게 정다운 줄도 그때 알았다. 팔려고 애쓰는 비굴한 웃음이나, 사지 않고 흥정만 하고 가는 손님에게 퍼붓는 악다구니는 책방 어디에도 없었다. 시장통처럼 치열하게 드러나지는 않았지만 성실하고 조용한 삶이 머무는 곳이 책방이었다.

그랬던 책방의 추억을 나누며 공원으로 향했다. 비발디의 '사계'가 흐르는 커피숍에 들렀다. 창가에 오래도록 앉아 있었다. 서로가 동행인이 없는 것처럼 말도 없이 함께 보냈던 날들을 되새김질했다. 뚜벅뚜벅 내 기억 속에서 어디론가 걸어가는 사람들을 소리 내지 않고 불러들였다. 투명인간으로 앉은 이들의 안부를 궁금해 하면서.

눈을 감고도 훤한 부평동 깡통시장을 함께 걸었던 그는 지금 어디 있을까. 느슨하고 여유롭던 그곳이 북적이는 국제시장이 된 걸 알고는 있을까. 아무리 돌아다녀도 마음이 허기졌던 나를 기억은 할까. 첫사랑이었던 이가 떠올라 어이없이 웃는다. 애틋하다거나 간절한 무엇도 없는데 눈발

속으로 끼어든 빗물 닮은 얼굴 같다는 생각이 든 것이다. 창
밖으론 여전히 진눈깨비가 내렸다. 우산을 쓴 사람들의 표
정이 무심하다.

풋풋했지만 물기 없던 청춘에 촉촉한 기운을 주었던 책방
은 이제 없다. 나를 들뜨게 했거나 아프게 했던 기억들도 희
미하다. 진눈깨비가 녹은 그날의 얼룩처럼 남은 것들을 안
고 일상을 향해 발길을 돌렸다. 늘 빠듯했으면서도 궁색하지
않았던 날을 돌이킨 행복감에 보수동 헌책방을 마지막 행선
지로 정했다. 비로소 롤러코스터에서 내려 한숨 돌린 느낌이
다. 또 다른 날, 마음이 널뛰기를 해대면 울산역으로 차를 몰
아가는 나를 발견하지 않을까 싶다.

2부

아름다운
기둥처럼

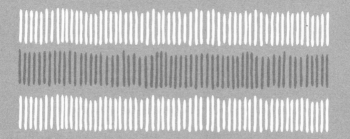

양말을 꿰매며

햇볕이 따뜻하다. 집이 남향이라 따뜻한 볕이 거의 하루 종일 집안에 머문다. 볕을 끌어안듯 창을 보고 눕는다. 평일에는 집에 있어 본 적이 없다. 주말까지도 대부분 바쁘다 보니 햇살을 받으며 누워 있을 시간은 좀처럼 없다.

그야말로 드물게 누리는 여유다. 햇살이 집안 깊숙이까지 기웃거린다. 눈을 감았다. 볕이 얼굴을 살살 만지는 듯하다. 간지러움에 눈을 뜬다. 높이 달린 빨래 건조대가 눈에 들어온다. 너무 높이 달려 있어서 잘 쓰지 않는다. 바닥에 이동식 건조대를 펼쳐놓고 빨래를 널고 있다. 뜻밖에도 건조대 끝에 색이 고운 양말 한 짝이 걸려 있다. 깨금발로 서서 양말을 내

　　　　　　　　　　　2부 아름다운 기둥처럼

렸다. 며칠 전에 굴러다니던 한 짝을 버린 다른 한 짝이다.

우리 집 양말들은 늘 하나씩 뒹군다. 외짝만 담아두는 바구니가 있을 정도다. 매번 세탁을 하고 나면 짝 없는 양말이 한두 개 생기기 마련이다. 처음 얼마 동안은 다음번 세탁을 하면 나오겠지 싶어서 챙겨두었다. 짝 없는 양말은 시간이 지나도 나타나지 않는 경우가 많았다. 결국 버리게 되는 일이 종종 생겼다. 그런데 하필이면 버린 지 며칠 되지도 않은 양말 한 짝이 그 높은 건조대에 걸려 있었다니 좀 허탈했다. 양말 한 켤레가 커피 한 잔보다 비싸지는 않겠지, 여기니 다소 위안이 된다. 그래도 새 양말이라는데 마음이 켕긴다. 커피 한 잔 값보다 싼 양말인데도 자꾸 아깝다. 이런 미련에서 자유롭지 못한 것은 어머니의 반짇고리에 늘 담겨 있던 구멍 난 양말과 무관하지 않다.

바다를 떠난 어머니는 농사와 행상으로 살림을 꾸렸다. 어머니의 고된 노동은 밤중이 되어서야 끝이 났다. 저녁을 먹은 후에도 일은 이어졌다. 어머니는 선반에 올려 두었던 반짇고리를 내렸다. 잘라 쓰던 자투리 양말에서 조각을 떼어냈다. 떨어진 양말 구멍 크기에 맞게 무딘 무쇠가위로 둥글게 오려서 덧대는 건 거의 일상이었다. 흐릿한 불빛 아래서 더

듬거리며 바늘에 실을 꿰는 모습은 익숙했다. 한 땀 한 땀 조각과 구멍을 붙여 깁다가 졸기도 했다. 옷과 양말을 깁고 밤이 깊어서야 잠자리에 들었다. 아침이 되면 나는 어머니가 밤늦도록 기워둔 양말을 신고 하루를 시작하면서도 그게 당연한 줄로 알았다.

아련한 기억을 더듬으며 어머니가 주신 반짇고리를 꺼낸다. 자투리천이나 바느질에 필요한 실, 골무, 가위 등 잡다한 것이 여전하다. 방물장수의 바구니 같다는 생각이 든다. 대나무로 만들어진 반짇고리는 둥글납작한 모양새다. 그 안에는 세월만큼의 흔적들이 고인 듯 담겨 있다. 바느질 재료 밖에도 언제나 들어 있는 것은 떨어진 양말들이었다. 다른 양말의 상처를 메워주기 위해 어머니의 손길을 기다리는 것들이다. 새로 구멍 난 양말과 색상이 같거나 비슷한 것도 있지만 아주 다른 것도 많았다. 기워야 할 양말과 색상이 너무 대조적인 조각으로 깁게 되면 유난히 눈에 띄어 난처한 경우도 있었다.

집에서 신고 다니는 것이야 아무 상관이 없었다. 구멍이 나도 꿰맨 곳의 색상이 달라도 별 문제가 되지 않았다. 학교에 갈 때는 달랐다. 자꾸 발에 신경이 쓰였다. 양말을 기워

신고 다니는 친구들이 많았지만 유난히 튀는 것 같아서였다. 차라리 맨발로 가고 싶은 날도 있었지만 그럴 수도 없었다. 발이 시리기도 했고, 매끈하지 않은 바닥 때문이다. 색깔이 다른 천을 덧댄 양말을 신은 날은 집중이 잘 안 되었다. 신발을 벗고 교실에 들어가면 웬만해서는 움직이지도 않을 정도였다. 희미해져가는 기억들 틈바구니에서도 양말 구멍은 오롯이 선명한 이미지로 남아 있다.

나도 아이들의 양말을 꿰매준 적이 있다. 남매가 어렸을 때였다. 아파트로 이사 오기 전에 살던 집은 주변에 논과 밭이 있는 단독주택이었다. 별달리 놀이가 없으니 동네 조무래기들과 날마다 흙투성이가 되어 지냈다. 새 양말도 며칠 넘기지 못하고 엄지발가락에 구멍이 나는 것은 예사였다. 사흘들이로 구멍이 나는 양말을 한 켤레씩 버리기는 너무 아까웠다. 양말을 깁기 시작했다. 작은 구멍을 바탕색의 실로 표나지 않게 꿰매고는 며칠을 더 신게 했다.

요즘은 옷이나 양말을 기워서 입거나 신는 경우가 거의 없다. 몇 번 입지 않은 옷도 마음에 들지 않으면 버리는 이들이 많다. 빠르게 도는 유행이 지나면 미련 없이 버리기도 한다. 현실이 직시되자 애써 양말짝을 찾던 모습에 잠깐 입가에 웃음이 감돈다. 내친김에 저만치 오고 있는 봄맞이 옷 정리를 시작한다. 장롱을 여니 햇볕 구경도 못한 채 동절기를 보낸 옷들이 꽤 많다. 하나씩 꺼내 옷걸이째 내다건다. 따뜻한 볕과 열어둔 창문으로 들어온 바람이 묵은 장롱 냄새를 업어간다.

소소한 행복이 따로 있는 것이 아니다. 오랜만에 주부로서의 여유를 만끽한다. 나더러 주부가 맞는지, 던지던 남편의 농담 섞인 타박이 떠올라 풋, 웃음이 난다. 바깥일은 녹록치 않다. 시달린다는 생각이 들 때가 많다 보니 살림에서는 멀어지게 된다. 늦게 집으로 돌아와도 바깥일이 줄레줄레 달려오는 경우가 많다. 동분서주하다 보면 미처 세탁을 하지 못하기도 다반사다. 아이들과 남편이 신을 양말 때문에 투덜거렸던 적도 더러 있다. 양말을 꾸러미로 사게 된 것은 그 때문이다.

어머니는 나보다 더 바쁘게 살았다. 밤늦은 시간까지 안팎으로 바쁘게 일을 하고도 다음날 입성을 챙기지 못해 애를 태우게 했던 적은 없었다. 일의 양보다도 정신력의 문제였다. 아무래도 내가 어머니처럼 치열하게 살지 못하고 있다는 반증이기도 하다. 구순을 바라보는 어머니는 몇 해 전 바느질이 힘들다며 평생을 쓰던 반짇고리를 내게 넘겼다. 밤마다 끌어안고 무엇이든 깁거나 만들어내던 반짇고리다. 눈에는 익으나 쓰지 않는 오래된 바느질 도구들이 고스란히 든 채였다. 어릴 때 만들어준 앙증맞은 복주머니도 들어 있다. 양말을 기워주던 어머니의 손길이 느껴진다.

내친김에 양말도 기워본다. 정리하던 옷장에서 발견한 구멍 난 양말이다. 꿰매니 정이 느껴진다. 새 양말보다 반갑다. 텃밭 일을 할 때 신어도 될 것 같다. 양말을 기워서 신던 아련함이 올올이 새겨진다. 반짇고리에서 꺼낸 천과 실들이 아문 상처의 딱지 같았던 구멍을 매끈하게 만들어준 기억만으로도 다 정답다.

오랜만에 취한 휴식이지만 몸은 쉬지 못했다. 그런데도 마음이 편안하고 몸도 가뿐하다. 팽팽한 내 일상도 살짝 풀린다. 낮이 제법 길어졌다는 자각이 춘분 근처를 가늠케 한다. 몇 번이나 덧 꿰맨 양말을 신은 어머니가, 밭이랑마다 이른 봄을 심느라 많은 시간 동안 구부린 채 보내던 때다.

사람의 마음에도 구멍이 생기게 된다. 그 구멍에 생긴 상처를 양말 깁듯 꿰맬 수 있다면 얼마나 좋을까. 양말을 꿰매면서 든 생각이 세상의 상처를 다 기울 것처럼 촘촘해진다.

틈이 생길 때마다

사찰에 들어섰다. 일주문을 들어서면 달마대사 석상이 방문객을 먼저 반긴다. 환한 웃음으로 턱하니 버티고 있다. 불뚝한 배를 한껏 내밀고 편안하게 앉아 있는 모습이 안정적이다. 그 넉넉함이 자비다. 품고 간 번뇌를 일순간 허물어뜨리도록 품이 무진장 넓다.

대체적으로 오래된 것들은 결이 곱다. 많은 사람들의 손으로 쓰다듬은 달마의 배와 코가 반질반질하다. 시간은 화강암의 꺼끌꺼끌함조차도 어루만져 촘촘한 결을 만들어 놓았다. 이곳에 오는 것은 결을 보고자 함이다. 마음을 당기는 몇 안 되는 것 중에 걸음을 부르는 결이 있기 때문이다.

2부 아름다운 기둥처럼

대웅전의 지붕을 떠받치고 있는 기둥을 쓰다듬는다. 아니 그 고운 결을 쓰다듬어 본다. 지나온 세월만큼 나이테를 따라 깊숙이 파인 틈도 결의 한 부분이 되었다. 나무의 원형에서 얼마만큼의 시간 동안 제 몸을 녹여 결을 만들었을까. 기둥은 셀 수 없이 많은 낮과 밤을 보냈고, 품고 있던 것들을 햇살의 농락에도 조금씩 내어 놓았으리라. 감추고 싶은 상처의 진액까지도.

결과 결 사이에도 균열은 있다. 손가락이 들어갈 정도의 큰 틈이다. 가늘고 섬세한 작은 틈도 있다. 깊거나 얕은 틈이 시나브로 시간을 끌고 가면서 결이 된다. 지나간 험난한 시간의 총체적 결과물이다. 틈과 틈의 촘촘한 연결로 아름다운 결이 되어 조화를 만들어 냄이다. 작은 틈이 하나씩 생길 때마다 기둥 안에 있던 나무의 밀도는 더 높아진다. 그 밀도 높음의 묵묵한 나이테 안에서도 틈은 있게 마련이다.

나무 틈에 손가락을 넣어본다. 손가락 끝만 들어가다 막힌다. 더 이상은 용납되지 않음이다. 거기까지다. 나무가 양보하고 공존할 수 있는 마지노선이다. 공존의 깊이를 재려다가 들킨 것처럼 부끄러워 누가 쳐다보기라도 하듯 빠르게 손가락을 빼냈다. 혹시나 그 균열 속에 양보나 공존이 아닌, 또 다른 뭔가를 기대했던 것은 아니었나 싶다. 그것이 인류의 공존이나 세상 만물의 지속성의 원천이 되기라도 한 듯.

사람이라고 다를까? 숨결이든 마음결이든 살결이든 사람에게도 결이 있다. 그 결은 타고나기도 하지만 살면서 바뀌고 만들어진다. 특히 마음결은 사람과 사람 사이에서 형성되는 경우가 많다. 부딪치고 깨닫고 노력해서 만들어지는 것이다. 그래서 섬세하고 고운 마음결을 가진 사람이 있는가 하면 그렇지 못한 사람도 있다. 사람과 사람 사이에도 의도치 않은 틈이 생긴다. 무엇보다 틈 메우기를 잘해야만 결이 달라진다. 깊고 단단한 자기 성찰의 과정을 마다하지 않는다면, 촘촘하고 섬세하게 메워진 틈과 틈 사이에 아름답고 고운 결이 만들어진다.

상처와 갈등이 있어야 사람 사는 곳이라 할 수 있다. 그것이 곧 틈이다. 그 틈을 무심히 지나치고 만다면, 더 크게 벌어져 서로에게 상처를 입히는 거친 틈으로만 남게 마련이다. 틈 난 자리를 시간의 흐름에다 맡겨 놓을 것이 아니라 파이고 모난 부분이나 뾰족한 부분은 삭이고 깎아내고 촘촘히 메우는 과정을 거쳐야 하리라. 사이가 점점 벌어지기 전에.

틈이 크거나 작거나 오랜 시간의 풍화작용을 거치게 되면 그것이 자연스러운 결이 된다. 시간과 환경의 순기능이다. 사람 관계도 사찰의 오래된 기둥과 같다. 이런저런 사람과 섞여서 그 사이를 메워 나가는 것이야말로 사람과 사람 관계의 순기능이라 생각한다. 그러나 사람은 감정의 동물이다 보니, 늘 움직이고 변하기 마련이라 처음처럼 일관되게 흘러가지 않는다. 내가 고운 말을 하면 누군가도 고운 말을 보내겠지 여겼다가도, 뜻밖의 상처를 받게 되면 더 깊은 틈이 생기기도 한다. 그것 또한 고운 결을 만들기 위한 담금질이라 생각는다.

천년의 시간을 보내고도 아름답고 튼튼한 기둥은 틈이 만든 결 때문이다. 결과 결이 만들어 놓은 무늬만 봐도 쉽게 알 수 있다. 더러는 각종 벌레가 만들어 놓은 구멍을 틈이 메우기도 한다. 바람이 드나드는 틈을 다듬느라 다소 거친 결을 남겨 놓은 것을 보면 안다. 그런데도 꿋꿋하다. 힘이 있다. 그 어떤 것도 기둥의 결에 대해 함부로 말할 엄두를 내지 못한다. 자기만의 결을 한껏 드러내면서도 조화를 이루는 아름다움이야 말 할 필요조차 없다. 개성이라는 틈을 조화라는 촘촘함이 만들어낸 결은 더 아름답고 귀한 것이다.

정오를 넘어서자 햇살이 틈으로 깊숙이 발을 들이민다. 가

끔은 눈보라도 마실 오듯 다녀가리라. 그래도 염려하지 않
는 것은 겨울 옆에 봄이 있기 때문이다. 기둥은 묵묵히 서 있
을 뿐. 들고 나는 바람과 눈비를 밀어내지 않는다. 이치에 순
응하는 것이다. 때로 그것들이 나무의 균열을 만들어서 틈이
하나 더 생겨도 말이다.

　사람이 머무는 곳에는 그곳이 어디든 갈등이 있기 마련이
다. 그래서 사람이다. 크거나 작거나 슬프거나 기쁘거나, 그
런 것들이 한데 어우러져 사람 사는 세상을 만드는 것이다.
틈은 결을 만들기 위한 통과의례일지도 모르겠다. 나무의 결
이나 사람의 결이나 다르지 않다. 결과 결 사이를 자세히 들
여다보고 있으면 촘촘한 틈이 보인다.

　사람의 틈 하나도 예쁘게 보아야 아름다운 결이 만들어진
다. 결과 틈을 분리하지 않은 아름다운 기둥처럼. 조금 늦은
반성은, 틈이 만든 결의 밑천쯤으로 여기기로 했다.

고래 등

포말이 지나간 자리에 윤슬이 모여든다. 장생포의 그림이 되는 순간이다.

고래탐사선을 탔다. 오늘은 보겠지 하는 기대감이 컸다. 넓은 바다를 가로지르는 배 바닥은 소금기가 배인 듯 눅눅하다. 스크루가 만든 포말이라도 따르고 싶은 심정이다. 난간에 몸을 기대고 배가 흔들리는 대로 몸을 맡겼다. 어떤 종류이든 소리를 듣고 싶었다. 할 수 있다면 먼 바다의 고래라도 불러 오고 싶다. 오늘만큼은 바다 속에 살고 있는 생물의 어떤 소리라도 들었으면 좋겠다. 더러 아버지의 작은 배에서 듣던 소리처럼.

바다를 낀 우리 마을은 대부분이 반농반어의 집이었다. 아버지도 어느 때는 농부였다가 종종 어부가 되기도 했다. 등짐을 지는 아버지보다 그물을 던지는 아버지가 좋았다. 언제부터였는지, 내 생활기록부의 아버지 직업란에는 한 번도 농부였던 적이 없다. 어업이라고 적은 걸 보면 고기 잡는 아버지가 좋았던 것이 분명하다. 더러 아버지가 섬 주변에 그물 치는 일을 돕기도 했다. 고기 잡는 일에 무작정 따라 나선 적은 한두 번이 아니다. 그것은 내가 아버지와 심리적 거리에서 가장 가까이 있는 순간이었다. 그것도 아주 짧은 시간이었지만.

두어 평 남짓한 작은 시골 방에서 아버지와 단둘만 남겨지면 난감했다. 아무리 가까이 있어도 그 거리는 수천 킬로미터보다 더 멀리 느껴졌다. 아무리 노력해도 쉽게 좁혀지지 않았다. 과묵하다 못해 천장만 보기 일쑤인 아버지와 일상의 대화는 거의 없었다. 겨우 두어 마디를 주고받으면 그만이었다. 공감대가 하나도 없는 시간은 마음에 균열만 냈다. 공유하지 못했던 만큼의 시간이 더 필요했다. 어색하고 불편한 순간들을 모면하려고 공유될 만한 말을 찾거나 커피를 마셔도 멋쩍었다. 순간을 모면할 말만 찾곤 했으니 오고 가는 말도 허공을 맴돌았다. 아버지와는 딱 그만큼의 거리였다. 아버지를 무작정 따라나선 것은 마냥 아버지가 좋아서가 아니었다. 간격을 좁히고 공감대를 갖기 위한 노력의 일환이었다.

고래를 보기 위해 배를 탄 사람들도 설렘과 흥분이 가득한 표정이다. 언제 고래가 나타날 것인지를 기다리는 눈빛이 역력하다. 한 번에 고래를 봤다며 운발을 자랑하는 사람도 있는가 하면, 여러 번 왔는데도 번번이 허탕을 쳤다는 사람도 많았다. 시간이 오래 지체될수록 몇몇 사람들은 고래 보는 것을 반쯤 포기하고 있었다. 어떤 이들은 고래탐사선보다 앞서 시선을 수평선이 보이는 먼 바다로 내보내기도 했다. 그들 중에는 꽤 오래도록 시선을 거두지 못하는 이들도 있었다. 뚫어지게 바다를 바라보며 갯바람을 맞아도 하얀 포말만 고래 떼처럼 다가오다가 사라질 뿐. 고래를 보는 것은 다음 기회로 돌려야 할 것 같았다.

바다에서 더 머물고 싶은 마음은 고래 때문만이 아니다. 바다가 내게 좀 더 특별한 곳이라 그렇다. 아버지의 배경에 늘 떠오르는 바다. 아버지를 따라 내가 바다에 나선 이유는 따로 있었다. 바다에서의 아버지는 달랐다. 우선은 집에서보다 말이 좀 더 많아졌다. 그런 모습이 낯설면서도 반가웠다.

친근하고 신선했다. 무심히 바다에 던지는 듯한 혼잣말도 신기했다. 이해하지 못하는 물길을 일러주거나, 낯선 물고기의 이름들을 툭툭 던지듯 말하기도 했다. 어느 날은 뱃전에 기대어 설핏 풋잠이 들었던 때도 있다. 나를 잊은 채 종일 바다를 누벼도 아버지의 작은 고깃배는 만선이었던 적이 별로 없었다. 가지고 간 그릇에는 이웃에 나눠줘도 체면 구기질 않을 만큼 고기가 담겨 있기도 했다. 그보다 더 일상에 가까운 것은 그릇 바닥에 배를 깐 생선 몇 마리로 한 끼 반찬을 면할 정도였다.

나는 아버지와 긴 시간 배를 타고 있어도 어떤 마음이었는지 제대로 알지 못했다. 다만 바다에 나갈 때마다 동행하자는 것만으로도 좋았다. 아버지는 한 번도 심중에 있는 말을 한 적이 없다.

아버지는 날씨가 나빠서 바다에 나가지 못하거나, 밤이 되면 그물을 깁곤 했다. 뜯어진 그물을 깁고 있는 시간에는 늘 등을 보이고 앉았다. 일에 몰두하며 식구들에게 신경 쓰지 않아도 되는 당신만의 유일한 시간이었다. 돌아앉은 아버지의 등을 고래 등처럼 느낀 적이 많다. 그만큼 든든했다. 등을 말아 가슴이 무릎에 닿을 정도로 가까이 대고 밤마다 그물

코를 만들던 아버지.

철이 들면서 그 웅크린 모습이 삶에 짓눌린 가장의 무게로 보이기 시작했다. 가족에게 좀 더 탄탄한 울타리가 되지 못했던 미안함이 등을 짓누른 것은 아니었을까. 더 이상 든든한 고래 등이 아니었다. 맞은 작살이 주는 고통을 참아내려고 웅크린 고래 같았다. 웅크린 듯 말린 아버지의 가슴에 울음이 들어 있는 건 아닐까, 문득문득 안쓰럽기도 했다. 가족에게조차 말하지 못한 회한이 감겨들어 아버지를 웅크리게 했는지도 모를 일이다.

고래탐사선은 어느새 회항을 준비하고 있다. 이번에도 고래 보기는 틀렸다는 일행의 낙담이 길지 않았던 아버지와 보낸 시간들과 겹쳐진다. 고래를 기대하는 것처럼 아버지와의 인연에도 다음이라는 기회가 있었으면 얼마나 좋았을까. 작살의 고통을 참아내는 고래처럼 등을 웅크린 모습이라도 좋다. 그물코를 만들던 그 순간의 침묵이어도 괜찮다. 가족을 배불리 먹이지 못한다는 자책에 붉은 녹처럼 눌어붙은 울음을 바다로 내보내기 위해 등을 말아 들인 모습이면 또 어떠랴. 나를 숨 막히게 할 만큼 말없음표로만 기억되는 아버지의 모습이어도 좋다. 고래탐사선을 타면 언제든 고래를 만나려니 싶은 마음처럼, 어디서든 만날 희망을 가질 수 있는 물리적 거리에 살아계시기만 하다면.

언젠가 밤바다에 따라 나선 적이 있다. 아버지는 맑고 환한 밤하늘에서 투신한 별만 밤새 건지곤 했다. 그물코에 걸린 야광충이 바다에 뜨는 별이 되어 빛났고, 그 별은 아버지의 손과 뱃전으로 옮겨 다니기도 했다. 막내딸과 나누고 싶었던 속말들이 별같이 부서지는 순간이었다. 밤바다의 별만 몇 차례 건졌다가 흩뿌리는 아버지를 본 후 나는 아버지와의 긴 여백을 허전해 하지 않아도 되었다. 듣고 싶었던 말은 굳이 귀로만 듣는 것도, 입으로만 하는 것도 아니란 걸 알았다: 오래도록 별을 건져 올리던 아버지가 근사했다는 기억으로 남았다.

언제든 다음은 있다. 기적처럼 푸른 고래를 보는 날은 거기서 아버지의 둥근 등도 볼 것이다. 그 속에 숨기고 있는 고래 울음 같이 깊은 눈물도 볼 것이다. 고래탐사선이 회항하고 있다. 햇빛을 받아 배의 고물을 따르며 부서지는 포말이 별처럼 반짝인다. 어쩌면 아버지가 미처 다 깁지 못한 채 하늘에서 던진 그물에서 도망친 별들일지도 모르겠다.

　　　　　　　　　　　　2부 아름다운 기둥처럼

청포도에 대한 기억

데크에는 떨어진 포도가 수북하다. 시들다 떨어진 송이들이 나뒹굴고 있다.

어느 해보다 더 뜨거운 여름이라 포도나무도 볕을 견디지 못했다. 그악스러운 더위를 견딘 것이 용하다. 포도를 먹지 못한 아쉬움보다 빠른 기후 변화가 두렵다. 흐트러진 자연의 질서를 회복하기가 쉽지 않을 것 같아서 걱정이다. 비로 쓸어 모아서 버린 포도가 밭 가운데 쌓였다. 좀 허탈했다. 묘목을 파는 농원에서 나무를 사다 심었던 나무라면 좀 덜했을까 하는 생각도 들었다. 곡절도 있고 특별한 포도라서 마음이 더 시렸다.

몇 년 전 지인이 포도를 심은 화분을 들고 방문했다. 여러 단계를 거쳐 구한 포도나무 가지를 꺾꽂이한 것이다. 화분에서 잘 자라 준 것이 기특했다. 그때는 밭을 구입하지 못해서 아파트 베란다에서도 두 해를 넘게 있었다. 밭이 생기자마자 가장 먼저 심은 것이 포도나무다. 밭에 옮겨 심어 자리를 잡아줬을 때는 살기나 할까 걱정이었다. 척박하기 이를 데 없는 데다 부드럽지도 않는 흙 때문이기도 했다. 그래도 한해를 잘 넘기더니 지난해에는 포도를 몇 송이 달았다. 날씨까지 도운 덕에 단맛이 일품이었다. 달달한 포도를 먹을 때마다 생각나는 포도나무가 있다.

내가 살던 작은 집은 마당이 좁았다. 좁은 마당에 담을 끼고 자라는 오래된 살구나무가 있었고, 텃밭에는 감나무도 한 그루 있었다. 심지어 염소우리와 닭장까지 들여놓으니 작은 마당이라도 없는 게 없었다. 그 집은 몇 번이나 집을 사고파는 과정을 거친 후 어머니가 마련한, 어머니와 둘이 살기에 적당한 집이었다. 방 두 칸에 부엌 하나가 전부이고 마을에서 가장 높은 곳에 있었다.

집 텃밭에는 채소나 푸성귀도 있었다. 여름이면 가지며, 도라지, 부추 등으로 밥상까지 풍성했다. 그중에서 내 호기심에 가장 자극을 준 것은 장독대에 있던 포도나무 한 그루였다. 전 집주인이 심었는지 오래된 고목으로 해마다 여름이 되면 장독대를 탄 넝쿨에 포도가 제법 열렸다. 좁쌀같이 작았던 포도 알이 커가는 과정을 지켜보는 일은 고역이었다. 하루에도 수차례 지켜봐도 잘 자라는 것 같지도 않은 것이 늘 입맛을 다시게 했다.

어느새 제법 알맹이가 커지기 시작했다. 나는 그때부터 학교에 갈 때면 몇 알씩 따서 가방 속에 넣어 가기도 했지만 어느 날 부터는 송이째 따서 들고 나갔다. 친구들에게 나눠주거나, 어느 틈에 한 알 한 알씩 다 먹은 것 같다. 지금은 생각만 해도 입에 침이 고이는 그 시큼 떨떠름한 맛이 참 좋았다. 그때는 우리 집에 청포도 나무가 있다고 자랑을 했다. 풋포도를 먹으면서 좋았다. 언젠가 그 집을 처분하고 다른 곳으로 이사를 가게 되었다. 그 오두막에서 따 먹었던 포도나무도 잊혀져갔다.

언제였을까? 어느 날 어머니께 그때 그 오두막집 포도나무가 청포도였는지 물었다. 어머니는 내가 늘 익기도 전에 따 먹어서 그게 제대로 익어본 적이 없다고 한다. 따 먹지 못하게 말리지 그랬느냐 했더니, 말려도 눈앞에 두고 참지 못할 것이 뻔했다고 한다. 그러고 보니 포도가 매일 한 송이 씩 없어지는 것을 알면서도 말린 적이 없었던 것 같다. 설사 그 것이 청포도가 아니라도 나에게는 청포도였던 것이다. 단출 하고 열악한 환경이었지만 그 오두막이 그리운 것은 푸른 청포도가 아니었던 푸른 포도나무가 한몫을 했다. 덜 익은 포도를 청포도인 줄로만 알았던, 나의 해프닝은 어른이 되어 서도 쉽게 잊히지 않는다.

농막 데크 위로 포도가 주렁주렁 매달릴 때, 올해는 와인 을 만들어 볼 생각이었다. 지난해 지인이 만들어준 수제 와 인 맛이 제법 괜찮았다. 포도의 진한 단맛이 와인의 풍미를 더 높인 것으로 여겼다. 내가 너무 과한 욕심을 낸 것은 아닌 가 싶다. 그늘을 만들어준 포도나무 아래 데크를 들여놓고 주렁주렁 매달린 포도를 올려다보는 것만으로도 좋았다. 알 갱이가 유독 작아서 먹을 때는 한 알씩 따 먹는 것이 아니라 한 송이 씩 입을 크게 벌리고 입 안 가득 넣어 먹어야 제 맛 이다. 달콤한 물이 한 입 가득해서 먹고 나서도 입가에 남은 단맛도 일품이다.

지인들을 볼 일이 걱정이다. 익지도 않은 포도가 매달린 것만 보고 자랑을 하고, 모든 이에게 다 따줄 것처럼 포도

딸 때 오라고 오두방정을 떨었으니 난감하다. 저장해서 두고두고 먹는 것보다, 농사 지은 것을 그때그때 나눠먹는 재미가 쏠쏠하다. 설레발이 공수표로 날아갔다. 어쩌면 시큼한 청포도라도 사러 가야 할지도 모르겠다. 여름이 떠나버리기 전에.

1도 없는 세상

요즘 쓰이는 말의 유형은 상상을 초월한다. 어디에서든 하루에 한번 이상은 '1도 없다'라는 말을 듣게 된다. 대체로 초기에는 어떤 경우에 관심이 전혀 없거나 부정적인 경우를 표현할 때 나쁘게 말하는 것 대신에 쓰는 것으로 사용되었던 것 같다. 어찌 되었든 처음에는 그 말이 쉽게 다가오지 않았다. 그러나 쓰임의 빈도가 늘어갈수록 차츰 '1도 없다'는 말이 편안한 옷처럼 익숙해져 가고 있다.

생각해보면 1도 없다는 말이 방송에서 유행하기 전에 이미 들었다. 언젠가 병원에서 물리치료를 받는 중에서다. 그는 한의사였는데, 병의 호전반응에 대해 숫자 열(10) 중에 어떤 숫자만큼 좋아진 것 같은가 물었다. 처음에는 무슨 난데 없는 질문이 있나 싶어서 답하기가 곤란했다. 도대체 1은 그 아픈 강도가 얼마이며, 10은 또 얼마만큼 지독하게 아파야 헤아릴 수 있는 고통이란 말인가. 그래서 내 통증의 차도에 대해 정확히 말하지 못하고 대충 넘어갔다. 그런데 갈 때마다 반복되는 호전 정도를 숫자로 물어보니 나도 오늘은 숫자로 얼마 정도나 진통이 남아 있다고 말해야 되는지 생각하게 되었다.

그럼에도 일반적으로 아플 때 쓰는 말밖에 생각나지 않았다. 그 상처나 통증이 나아가고 있는 과정도 마찬가지였다. '아파서 죽을 것 같다', '너무 아프다', '좀 아프다' 등의 표현 방식으로 대충 얼버무렸던 익숙한 말들이었다. 또, 좀 나아진 것 같다거나 많이 나았다, 아직 덜 나은 것 같다 등의 모호한 답변이 전부였다. 의사는 환자의 어정쩡한 대답에도 환자의 상태를 잘 이해했다. 의사 생활을 오래한 만큼 환자의 눈빛만 보고도 아는구나 싶었다. 아니면 환자가 애매하게 답한 것처럼 의사도 애매하게 자기 나름의 방식으로 이해한 걸까. 그러고 보니 지금까지 만났던 의사들의 질문은 애매했다. 얼마나 아프냐? 얼마나 나았느냐? 하는 식의 질문 속에는 모호한 답이 나올 수밖에 없다. 아니거나 맞거나 중간이거나 그 셋의 범주를 벗어나지 못했다.

그러고 보면 숫자 열(10) 중에 몇 정도 되느냐는 의사의 질문이 더 정확한 쾌유 정도를 나타내는 말일지도 모르겠다 싶다. 모호하게 느껴지던 의사의 질문은 그럼에도 대답하기엔 여전히 난감하다. 사람에 따라, 아픈 부위나 상처의 정도에 따라 통증을 느끼는 정도는 각각 다르다. 그런 정도를 나타낸 예시가 있는 것도 아니다. 어찌 보면 적당히 말하고 그만큼 알아듣는 환자와 의사의 대화가 오히려 편할지도 모르겠다.

통증을 숫자로 묻는 말에 한참을 생각했다. 익숙했던 대답을 어떤 숫자로 나타내면 귀나 입에 설지 않을까. 많이 아픈 것도 아니고 그렇다고 적당한 것도 아니다. 여전히 심하거나 덜하거나 식으로 물어주면 편할 것 같았다. 명쾌한 느낌의 질문에도 답하기는 여전히 고민이다. 견디기 어려울 만큼 많이 아픈 것이 아니니 9나 8을 꺼내놓을 수는 없다. 그렇다고 5, 6을 찍어서 말하기에도 내가 내 상태를 판단하기 어려웠다. 더구나 두어 개의 숫자를 얘기하기에도 두루뭉술한 답변이긴 마찬가지였다. 그러는 동안 숫자로 표현할 만큼 명확한 정도가 아닌 일에 숫자를 안고 진단하는 일이 시나브로

2부 아름다운 기둥처럼

익숙해지고 있었다. 어느새 내 아픔의 정도를 꼼꼼히 살피게 된 것이다. 물론 아직도 5예요, 식으로 확신에 찬 대답은 못한다. 5정도, 라는 식의 애매함이 덧붙은 대답이지만 나도 모르게 숫자로 답을 하곤 한다.

그래도 '1도 없다'는 말에는 여전히 단절감을 느낀다. 매정하고 정떨어지는 느낌을 털어낼 수가 없다. '하나도 없다'와는 말의 온도가 다르다. 예능방송이나 드라마에서 1도 없다는 말이 종종 들릴 때면 가끔 생각하게 된다. 그때마다 '하나도 없다'보다는 '국물도 없다'는 식의 어떤 여지조차 없다는 느낌을 받는다. 내게 하는 말이 아님에도 그 매정함에 떨떠름해지곤 한다. '없다'라는 단어는 대개 부정적인 의미와 연결된다. 부정적인 의미의 단어가 숫자 1과 결합하여 표현되는 단절감이 그렇게 클 줄 몰랐다. 그 표현이 가지고 있는 의미는 희망이나 기대를 할 수 없게 하는 것이므로 사람살이에 삭막함마저 들게 한다. 싫다, 좋다, 나쁘다, 나쁘지 않다 등의 표현을 두고 군이 1도 없다는 표현을 듣자면 잘 벼려진 칼에 단단한 끈이 잘린 듯 숨이 턱 막힌다. 인간으로서 가지고 있는 최소한의 연민이라 할 수 있는 손톱만큼의 애정도 없음이 내포된 말이란 생각 때문이다.

말의 쓰임에 대해 생각하는 사람들 덕분에 새로운 용어가 생겨난다. 거기에 재미를 더해서 표현의 다양성이 생겨나는 것도 인정한다. 다만 온라인의 경우라면 괜찮다고 생각한다. 온라인 대화의 특성은 짧고 간단하다. 빠른 시간에 화면이 넘어가므로 특화된 말로 자신의 생각을 풀어내야 한다. 이런 특성이 말보다 특수문자나 이모티콘의 사용이 빈번해진다. 그 현상이 문자 메시지로 나타나더니 이제는 공영방송의 많은 프로그램에서도 예사로 쓰는 추세다. 뜻글자에서나 가능한 줄임말이 한글로 옮겨지면서 의미의 왜곡에 당황하는 순간은 얼마나 많은가. 시류가 그러하니 어쩔 수 없다고 그냥 넘기기엔 인간미까지 사라지는 듯해서 씁쓸하다. 아직은 군더더기가 함유되거나 또록또록하지 않고 어눌하더라도 정이 담긴 말이 좋다.

　머지않아 사랑의 농도도 숫자로 표현해야 되는 날이 오는 건 아닌지 모르겠다. 어린아이들에게 엄마가 얼마나 좋아? 하고 물으면 '이만큼 많이', 또는 '하늘만큼 땅만큼'이라며 두 팔을 크게 벌려서 둥글게 만든다. 몸짓과 말로 할 수 있는 최대한의 표현이다. 아이가 팔로 만든 동그라미는 크지 않다. 그렇지만 행동에서 동그라미 안에 담고 있는 아이만의

　　　　　　　　　　2부　아름다운 기둥처럼

마음은 어떤 숫자로도 표현이 어렵다. 그런데 숫자로 표현하도록 같은 질문을 하면 아이는 어떻게 대답할까? 자신이 아는 숫자까지만 대답할 게 분명하다.

1도 없는 감정, 1도 없는 애정, 1도 없는 사랑이나 관심 속에서 어쩌면 우리는 1도 없는 무엇들을 감춘 채 사는 건지도 모른다. 여전히 익숙하지 않다. 그만큼 불편하고 낯선 말이다. 쓰고 싶지 않은 표현이다. 1도 없다는 얄궂은 표현보다 때로는 대충, 많이, 적당히, 별로 등의 애매한 표현이 정겹다. 두루뭉술한 말이 답답할 때가 있다. 속에 숨은 의미를 생각해야 할 때다. 그래도 1도 없는 명쾌함보다 마음을 읽는 것이 아직은 편하다. 아무래도 나에게는 난산증(難算症)이 있는가 싶다.

복 짓는 일

설을 목전에 두고 무던히도 바빴다. 두서없고 어수선한 사무실에 노크도 없이 불쑥 들어선 노인. 일에 정신이 팔려 있던 내 옆에 기척도 없이 나타난 터라 많이 놀랐다. 등줄기로 식은땀이 흘렀다. 가끔 학생들이 일부러 작정하고 놀라게 해 혼을 내는 일은 있다. 그러나 낯선 데다 노인이라 무어라 말도 못한 채 가슴만 쓸어내렸다. 넋 놓고 보는데 멋쩍게 웃는 노인의 손에 복조리가 수북이 들려 있었다.

매년 겪는 일이라 또 그때가 되었구나 싶었다. 노인이 복조리 한 쌍을 먼저 내밀었다. 이런저런 설명도 없이 다짜고짜 사라고만 했다. 거절하려는 마음을 읽었을까. 복을 짓는

2부 아름다운 기둥처럼

일이니 사야 한다는 말로 입을 다물게 했다. 늘 그랬던 것처럼 필요 없다고 하면 왠지 복을 쫓는 일이 될 것 같았다. 그렇지만 또 사서 쌓여 있는 복조리에 탑처럼 얹는 것도 난감했다.

그 짧은 틈에 노인은 복조리 한 쌍을 더 꺼냈다. 복에도 덤이 있으니 돈을 더 달라는 말을 덧붙였다. 어처구니가 없었다. 노인이 아니었으면 갈등도 없이 거절했을 터였다. 흘깃 조리를 살폈다. 너무 조잡했다. 쓰임이 없고 상징적인 물건이지만 들이고 싶지 않았다. 복도 그만큼 성의 없이 얹힐 것 같다는 생각으로 이어졌다. 떠맡기듯 건네는 조리들을 얼떨결에 받았다. 호감이나 성의는 조금도 비칠 수 없는 상황이라 그대로 책상 위에 내려놓았다.

어디를 보더라도 복이 담길 만한 것 같지는 않았다. 재료부터 보통의 조리와 달랐다. 시누대나 튼튼한 대나무 줄기가 아니라 보릿대나 밀대로 성글게 만들었다. 모양을 살피며 만지는데 줄기 하나가 툭 터지고 말았다. 노인은 값을 흥정하기 시작했다. 재료와 모양새도 맘에 들지 않아 장식용으로도 가치가 없는데 흥정이라니 언짢았다. 쌓아둔 복조리를 생각해도 올해는 절대 사지 않으리라 다짐했던 터였다. 아무리

복을 앞세운 상술이라고 해도 노인의 태도도 맘에 들지 않았다. 크기도 어른 손가락 하나가 겨우 들어갈 만큼 작았다. 단단하기라도 하면 장식으로나 걸어두면 그나마 다행이겠지만 그럴 수도 없이 조악한 조리에서 복은 연상되지 않았다.

노인은 꿈쩍도 안 했다. 학원 한쪽에 있는 창고로 가서 무더기로 쌓여 있는 복조리를 가져왔다. 그동안 정초만 되면 복조리를 팔려고 오는 사람들에게서 산 것들이다. 해를 거듭하면서 먼지가 타서 더러 버렸는데도 꽤 많았다. 해마다 모아둔 복조리를 처리하는 것도 문제여서 모아 둔 것이다. 복조리를 모아만 두다 보니 볼썽사나웠다. 그렇다고 버리려니 왠지 들어온 복을 스스로 버리는 것은 아닌가 하는 정체모를 불안함도 생겼다. 오래전부터 내려온 세시풍속에 단단하지 못한 내 마음이 붙잡힌 것은 아닌가 하는 생각이 들었다.

복조리가 귀한 대접을 받았던 때가 있었다. 복을 가져다준다는 믿음이 강해서 누구나 복조리 장수를 반겼다. 그 복조리는 솜씨 좋고 튼튼하게 만들어져서 조리기구로도 장식용으로도 손색이 없었다. 설날을 전후해서 복조리를 남의 담장 너머로 던져두고 다음날 복조리 값을 받으러 다니던 때였다.

2부 아름다운 기둥처럼

잦은 이사를 다녔던 우리는 큰 집은 팔고 되도록 두 가족이 지내기 쉬운 작은 집으로 이사를 거듭했다. 그 마지막 오두막은 단출한 두 식구가 살기에 안성맞춤이었다.

덕분에 우리는 더 이상 이사를 하지 않아도 되었다. 바닷가 마을 대부분이 그랬지만 우리 집에도 대문이 없었다. 정초 어느 날 아침에 일어나면 간밤에 마루 끝에 복조리 한 쌍이 가지런히 놓여 있었다. 다음날 으레 복조리를 두고 갔던 주인이 나타났다. 어머니가 건네는 복조리 값을 기분 좋게 받아가던 모습은 굳이 복을 들먹이지 않아도 복을 받은 기분이 들었다.

세시풍속으로 행해졌던 당시의 복조리는 단연 복만을 가져다준다고 여겼던 것은 아니다. 시골 생활에서는 없어서는 안 될 필수품이었다. 농사가 주업이었던 만큼 곡식을 이는 데 꼭 있어야 했다. 말리는 과정에서 알곡에 돌이나 이물질이 들어가지 않을 수가 없던 시절이었다. 밥을 할 때는 탈곡 과정에서 들어 있을 각종 이물질과 돌 부스러기를 남기고 쌀이나 보리를 일 수 있는 도구는 조리뿐이었다. 새로 받은 복조리를 부엌 기둥에 걸어둔 어머니는 쓰던 것이 망가져야 새것으로 바꾸었다. 색상만 화려하고 조잡한 요즘 조리에 비해 실용적이었다. 촘촘하고 야무져서 곡식이 흘러내리지도 않았고, 조리 살에 끼는 일도 드물었다. 어느 집 없이 대부분 복조리 몇 개는 기둥에 걸어두고 살았던 시절이 아니던가.

지금은 농작물이 식탁에 오르기까지의 과정이 기계화되면서 조리의 쓰임은 없어졌다. 그런데도 일을 시작한 때부터 해마다 정초가 되면 복조리를 샀다. 그러나 이제는 그런 세시풍속이 사라진 지 오래다. 복조리가 무엇인지 모르는 사람이 더 많을지도 모를 일이다. 달리 여겨 보면 사라져가는 생활 문화에 대한 아쉬움과 잊고 싶지 않은 기억 사이에 있는 그분들의 잘못은 아니다. 누구나 좋았던 것 하나쯤은 잃고 싶지 않은 생의 교두보로, 언젠가 아슴푸레하게 사라질지도 모를 것에 대한 아쉬움을 붙잡고 있는지도 모르겠다.

이제 나는 그 짧았던 기억이 잡고 있는 허상에서 벗어나기로 했다. 강매에 흥정까지 하는 노인 덕분에 결정이 빨랐다. 가지고 있어도 마음이 늘 편하지 못하니 모아 두었던 것들도 없애기로 마음먹었다. 해마다 마음의 갈등을 안고 살던 기억까지 털게 되었다. 조리에 얹힌 복에 대한 기대도 부담 없이 거절할 용기가 생겼다. 오히려 오랜 세시풍속에 기대어 잠시나마 인위적으로, 복을 받고 싶었던 욕심도 내려놓을 수 있었다. 새해가 돌아오면 마루 끝의 기둥에 매달린, 쉽게 잊히지 않는 오래된 추억 돌이키기에 연연했던 그 미련과 작별하기로 했다.

아이러니하게도 최첨단 시대인 21세기를 살고 있으면서 복에 대한 감정만은 지극히 아날로그적이었다. 너무 많은 의미를 부여한 것 같았다. 이도 저도 아닌 추억과 현실의 어중간한 어디쯤에 놓였던 감정을 정리하며 노인을 돌려세웠다. 지폐 몇 장을 발품 대신 건네고 조리는 받지 않기로 했다. 복은 사는 것이 아니라 짓는 일이라는 결론에 이른다. 말과 밥이 복 짓는 일의 작은 시작이었으면 좋겠다.

마음출입통제선

노란색 폴리스라인(police line)이 보인다. 좋은 일은 아닌 듯하다. 죽음이나 사건, 기타 등등이겠다. 도로변에 있는 건물 입구는 출입금지라는 팻말까지 붙어 있다.

내게 줄은 그냥 지나치지 못하는 두려움이 있다. 아마도 몇 해 전에 메르스가 훑고 지나간 때문인 것 같다. 나는 그 무렵 요양을 위해 산 속의 자연치유센터에 있었다. 바이러스가 수많은 사람들에게 옮겨지고 사망자가 늘어나면서 그곳에는 출입금지라는 메르스 라인이 쳐졌다. 들어오는 사람들도 통제되었지만 나가는 사람도 제재를 받았다. 병원 직원이나 환자의 가족들도 출입이 자유롭지 못했다. 그러나 메르스

라인은 '약자를 보호하기 위한 줄'이라는, 이해 가능한 통제 수단이라 사람들의 불평은 적었다.

내가 있던 곳에는 암 환자가 많았다. 나를 포함해서 그 외의 다른 질병을 가진 사람들도 제법 되었다. 환자들 대부분 면역성이 떨어져, 전염병이 아니라도 가벼운 질병이나 바이러스에 노출되면 위험했기 때문이다. 그러니 메르스가 전국을 공포로 몰아넣었던 기간 동안 우리는 반쯤은 절대 공포 속에서 지냈다. 몸이 아파서 그곳에 갔지만 특히 나는 그때 심각한 백혈구 감소증까지 있어서 많이 우울했다. 하루 일과는 일어나 체조를 하고 자연식을 먹고 산행을 하거나 돌아와 체조를 하고 약을 먹고 병원 치료도 겸했다. 늘 똑같이 반복되는 일상이었다. 그것은 한 줄에 꿰어진 일과를 하나하나 뽑아내는 것 같았다.

암 환자가 아니어도 모든 프로그램은 균일했다. 외부에서 가지고 들어온 약이 아니면 먹는 약도 같았다. 나는 치료 프로그램보다 일상에서 스트레스를 더 받았다. 독채이긴 했지만 건물 밖에 있는 대형 냉장고 돌아가는 소음에 제대로 잠을 이룰 수가 없었다. 대부분의 환자들이 절반의 희망만 가지고 있었다. 그들은 내게 당신들과 같은 병이 아니라 다행이라 말했다. '남의 죽음보다 내 고뿔을 더 크게 느낀다.'는 속된 말처럼 자신의 아픔이 더 큰 것이다. 통증은 호전되지 않았고 불신만 쌓여 갈 때, 그들과 조금씩 친구가 되었다.

우리는 정해진 일정을 다 소화해내고 나면 자유 시간을 가졌다. 어느 순간부터 소방도로라는 산길을 따라 이리저리 다녔고, 어느 날은 산 아래 마을이 있는 뒷길을 찾아 나섰다. 가는 길에 버찌와 오디를 따 먹어서 입이 드라큘라가 된 듯했다. 서로 얼굴을 마주보며 산이 떠나갈 듯 웃었다. 우리가 가고자 했던 마을 입구 가까이 다다르자 바리케이드가 쳐져 있었다. 그곳에서 생활한 지 오래된 환우의 말에 의하면 마을에서 설치했다고 했다. 자연치유센터에 있는 사람들이 마을로 내려오는 것을 차단하기 위해서일 거라고 했다. 우리는 난치병을 치료하고 있을 뿐, 전염병을 앓고 있는 것이 아니지 않은가.

모두 씁쓸히 돌아섰다. 길을 걸으면서도 한참동안 우리는 말이 없었다. 나는 애써 사실이 아니라고 믿고 싶었다. 지금도 그 생각은 진행행이다. 아마도 잘못 알았을 것이다. 그들 중 몇은 산그늘 밑으로 가서 지는 해를 묵묵히 바라보며 서 있었다. 서로를 다독여서 다시 돌아오는 길에 치아까지 새

2부 아름다운 기둥처럼

까만 입을 벌리며 누군가가 말했다. 정말 어둑해지는 이 시간에 우리 입을 보면 사람들이 기절하겠다며 상처가 된 마음을 견디기 위해 더 큰소리로 웃었다. 웃음 끝에 눈물을 보이는 이도 있었다. 그 차단줄이 야속한 것이 아님을 우리 모두는 알고 있었다. 오기가 발동된 어떤 이는 다음날은 진짜 오디와 버찌를 먹고 새까만 입을 벌리며 마을로 내려가 놀라게 해주자고 했다. 그의 마음을 왜 모를까? 속상해서 해본 소리라는 것을……

바리케이드를 본 이후로 우리는 그 마을 쪽으로 다시는 길을 트지 않았다. 치워버리면 그만인 줄 하나가 사람을 위축시키고 마음에 벽을 쌓는다. 내막을 알아보려 하지도 않고 줄 하나로 이쪽과 저쪽을 구분하여 소통을 막아버리는 심사라니. 자신과 무관한 출입통제선일지라도 공연히 움츠려드는 게 사람 마음인데, 심신이 지쳐 있는 사람들은 오죽하겠는가. 나는 돌아갈 시간이 정해져 있었지만 아예 집 한 채를 전세 내어 살고 있는 중환자들은 언제 가족이 있는 집으로 돌아가게 될지 기약도 없었다. 그들에게 그 바리케이드는 높고 아득한 장벽이며 소통 불가능한 마음의 단절인 것이다.

그들과 헤어지고 치유되지 않은 상태로 나는 산을 내려왔고 힘들게 다시 일상의 날들을 이어갔다. 무너지려는 마음을 간신히 버티며 일했다. 처음 얼마 동안은 마음까지 좀먹어 가던 산 속에서의 시간들을 잊을 수가 없어서 많이 힘들었다. 그들 하나하나의 절망에 가까운 웃음소리가 가슴을 파고 드는 듯했다. 몸은 날로 야위어 가고 있는데 긍정적인 말로 애써 스스로를 독려하던 이도 떠올랐고, 젊음을 송두리째 병마와 싸우고 있는 싱글녀도 생각났다.

시간이 지나면서 자주 잊고 산다. 그러나 폴리스라인을 볼 때마다 마음이 평온하지 못하다. 세상과 아주 격리된 것 같던 날들이 문득문득 떠오른다. 그곳에서 희망을 저버리지 않고 견뎌내고 있는 환우들 생각도 난다. 무딘 발걸음을 옮기면서도, 생각나는 얼굴이 그려져도 저장된 번호를 누르지 못한다. 궁금한 안부도 그때 그곳에서 봉인한 것처럼 마음을 다독인다. 희망과 친구하며 견디고 이기며 살아가기를……

2부 아름다운 기둥처럼

미루나무

거실 한쪽에 흑백사진이 걸려 있다. 사진작가인 고등학교 은사님이 찍은 사진이다. 늘 같은 공간에 있으면서도 잊을 만하면 가끔씩 생각난다. 나란히 서 있는 두 그루의 미루나무 때문이다.

인물사진이든 풍경사진이든 예술성을 제대로 이해하지 못하면서 무턱대고 사진전에 갔다. 선생님의 사진도 전시되었다는 말에 끌렸다. 다른 것도 매한가지지만 나는 사진은 특히 문외한이다. 전시장을 둘러보는 중에서도 유난히 한 장의 흑백사진이 걸음을 멈추게 했다. 여러 점의 작품이 행사장 안쪽으로 전시되어 있었다.

선생님의 사진도 거기에 있었는데 그 사진이 눈에 선명하게 들어왔다. 처음부터 작가의 이름을 본 것이 아니었다. 아름다운 컬러를 살린 다른 작가들의 사진 사이에 있는 흑백사진이었다. 마치 번잡한 도심의 길목에서 한적한 골목을 만난 기분이랄까. 흑백사진 앞에 한동안 서 있었다. 선생님은 손님을 맞으면서도 한곳에 서 있는 내가 신경이 쓰였는지 가까이 왔다. 그 사진이 마음에 드는지 물었다는데 심취해 있던 나는 대답도 하지 않았다. 그 물음이 나에게 건넨 건지도 몰랐다. 그저 묵묵히 사진만 바라보고 있었다.

한참을 더 묵묵히 서 있었다. 미루나무와 무언의 대화를 했다. 마치 사진 밖의 미루나무인 양. "그 사진이 마음에 들면 가져." 다시 들린 선생님의 목소리에 비로소 고개를 돌렸다. 내 대답을 듣기도 전에 선생님은 미루나무 사진에 '판매 완료' 스티커를 붙였다. 전시가 끝나면 주겠다는 말이 스티커에 얹혔다. 그러고도 한참을 더 사진 앞에 머물렀는데도 여운은 길었다. 집에 돌아와서도 그 흑백사진이 눈앞에 아른거렸다. 정확히 말하자면 아른거린 것은 두 그루의 미루나무였다. 20호 정도의 액자에 담겨진 사진 속에 나란히 서 있는 미루나무. 물빛에 어린 듯 그림자까지 담고 있는 배경은 내

어린 날이 서린 채 많은 이야기를 하는 듯했다.

　한낮의 신작로에서 뙤약볕 아래 걸어가는 어머니의 모습이 미루나무 사이로 나타났다. 어머니는 넓고 커다란 함석대야 가득 펄펄 끓고 있는 여름의 볕을 이고, 후끈후끈한 신작로를 걸었다. 그 뒤를 쫄래쫄래 따라 걷노라면 짜증이 나곤했다. 빈 대야 안에서 타는 불같은 여름 볕이 어머니의 목덜미와 머리카락을 타고 수증기 같은 땀으로 흘러내렸다. 그걸보면 겁도 났다. 어머니의 모습은 부글부글 끓는 불가마를이고 다니는 듯 늘 아슬아슬했다. 열기가 피어오르는 대야보다 어머니의 얼굴이 먼저 익고 있었다. 뜨거운데 좀 쉬라는내 말에 그나마 드문드문 줄 서 있는 미루나무 밑에 들어서서 몇 번 심호흡을 하고는 땀이 식었노라고 했다. 그날 이후로 미루나무는 내게 오래도록 고마운 풍경이었다.

　나무는 몇 미터 거리를 두고 듬성듬성 서 있었다. 지금처럼 나무가 빼곡히 심어져 있던 시절이 아니었다. 한적한 시골길이지만 미루나무는 지나치게 많이 자라도 누구 하나 베어내지 못한다. 한여름이면 대부분의 사람들이 그늘을 빌려썼던 까닭이다. 그보다는 또다시 만날 뙤약볕을 피하게 해줄그늘에 대한 기대가 더 크기도 했다. 미루나무는 몸을 불리기보다 위로 자라는 나무이기에 그늘이 풍성하지 않다. 등걸에 몸을 기대면 그늘은 어머니의 몸을 숨기기에 안성맞춤이었다. 몇 걸음 거리에 있는 다른 나무 그늘에서 나도 쉬어야지, 하는 생각으로 걸음을 재촉했다. 그렇지만 어머니는 내가 오기를 기다렸다는 듯 다시 걸었다. 그늘을 보면서도 지나쳐야 했던 미루나무가 괜히 미웠던 날이기도 했다.

세월이 많이 흐르고 어머니가 행상을 접었을 때였다. 원망하듯 내가 물었다. 그렇게 더운 날에도 왜 해가 설핏할 때까지 기다리지 않고 뙤약볕 아래 쫓기듯 돌아왔는지를. 어머니의 대답은 팔월의 더위보다 더 따가웠다. 시장에 갈 때마다 내가 매번 따라나서려고 해서 버릇을 고치려고 그랬다는 것이다. 어머니는 저만치 빠르게 걸어가서 미루나무 그늘에 서 있다가도 내가 가까이 가면 또 야속하리만치 빠른 걸음으로 저만치 앞서가곤 했다.

어머니의 의도는 나의 시장나들이를 끝내게 했다. 먼 길을 허덕거리며 지쳐서 돌아온 어느 날 나는 한여름에 고열로 시달리면서도 몸을 덜덜 떨었다. 어머니의 장터 길에 동행하지 않은 것은 물론이다. 그 후 키 큰 미루나무 그늘을 잊고 살았다. 나는 더 이상 신작로를 걸으면서 미루나무 그늘을

2부 아름다운 기둥처럼

생각하는 일은 없었다. 다만 오래도록 미루나무는 키가 멀쑥한 가로수로 신작로를 맨숭맨숭하게 하지 않는 풍경일 뿐이었다.

지치고 힘든 일이 있으면 가끔은 미루나무 사진을 보게 된다. 피로했던 일상이 푸른색으로 살아나면서 마음이 편안해진다. 사진은 하얀 배경 외에는 아무것도 없는 어느 시골마을 강가 풍경이다. 그 풍경 속에는 먼 길을 힘겹게 따라가던 딸의 안달도 없고, 딸을 지치게 해서 떼어놓으려던 젊은 어머니의 약간은 뻐딱한 의도도 없다.

나무로 눈길을 옮긴다. 사진 속의 나무는 나란히 서 있다. 고요하기까지 하다. 내 기억 속에 봉인된 시골의 정적을 이십호 크기로 도려낸 듯 먹먹하다. 때론 빛바랜 기억이 머릿속에서 뛰쳐나와 미루나무 사이로 걸어 들어갈 것 같다. 작은 미루나무가 숨겼던 기억을 꺼내놓는다. 어머니가 있는 큰 나무 밑으로 가기 위해 종종걸음 치던 떼쟁이 소녀가 여름의 더위와 함께 박제된 채 사진 속에 머물러 있다.

흔적

마음에 강줄기 하나가 생긴 듯하다. 볼일 겸 며칠 쉬려고 왔던 딸과 사위가 돌아가고 없다. 결혼 전에 딸이 쓰던 방을 책방으로 만들었다. 아이들이 그 방에서 며칠 묵었다. 이부자리는 가지런히 정돈되었고, 어수선했던 방이 말끔했다. 떠났다는 흔적이다. 허전함이 빈 방과 집을 가득 메웠다. 누군가 다녀갔다는 흔적은 내게 언제나 트라우마(trauma)로 남았다. 매번 겪었던 어린 시절에도 그랬고 성인이 되어서도 변함이 없다.

친정에 왔던 딸이 제주도로 돌아가는 날은 태풍 소식이 있었다. 내심 비행기가 결항될 것으로 여겼다. 내 작은 욕심을 훔친 듯 날씨는 크게 나쁘지 않았고 아이들은 비행기를 탔다. 공항으로 가는 길목이니 사무실에 잠시 들러 가겠다는 것을 번거롭다며 그냥 보냈다. 눈물을 보일 것 같아서다. 그런데 막상 깨끗이 정리된 집에 들어서자 아이들이 떠난 허전함이 밀물처럼 밀려온다. 아직도 누군가를 보내는 일에 담담하지 못하고 늘 서툴다. 그것이 가족이라면 더 그렇다. 짐작건대 앞으로도 그럴 것 같아서 걱정이다. 어린 날의 그때처럼.

학교에서 수업을 마치고 집으로 돌아오면서 내가 가장 먼저 하는 일은 굴뚝을 바라보는 것이고, 다음은 방을 들여다보는 일이다. 굴뚝에서 연기가 오르면 어머니가 아직 있거나 다녀갔다는 뜻이고, 그렇지 않으면 어머니는 오늘도 오지 않았다는 의미다. 다녀갔든 그렇지 않았든, 어머니를 만날 수 있을 거라는 기대가 채찍 자국처럼 남는다.

어떤 날은 굴뚝이나 아궁이에 아무런 기척이 없어도 다녀간 흔적이 남았다. 반찬을 만들어 두거나 이부자리가 정돈되어 있을 때도 있고, 가마솥에 미지근하게 온기가 남아 있을 때도 있다. 나는 가마솥의 온기가 다 사라질 때까지 손을 쉽게 거두지 못하고 오래도록 아궁이에 쭈그리고 앉아 있곤

했다. 그것들은 오히려 내게 더 아린 상처가 되기도 했다. 꾹 꾹 눌러 두었던 눈물이 한순간에 터지는 순간이기도 했다.

어머니는 언제나 채워지지 않는 그리움이었다. 그런 밤이면 혼자서 이불을 뒤집어쓰고 밤새 울어 눈이 퉁퉁 부어오르기도 했다. 그리움과 외로움은 서로 등을 맞댄 쌍둥이 같았다. 날이 밝고 일상이 시작되면 보고픔도 잠시 잊고 내가 할 수 있는 일에 빠져 하루하루를 넘기면서 성장기를 보냈다. 그 그리움과 허기가 아직 덜 채워졌는지 다른 모습으로 찾아왔다. 결혼을 시킨 딸이 다녀갔다는 흔적이 그때의 모습으로 고스란히 와서 안긴다. 많이 무겁다. 다소 당황스럽기도 하다. 다녀간 딸아이의 흔적이, 내가 어릴 때 어머니의 부재로 느꼈던 그 감정으로 다가오리라고 생각지 못했음에 닥친 감정이다.

결혼 전에 딸은 집안일을 그다지 돕지 않았다. 그런 아이가 방 구석구석, 주방까지 깨끗하게 치우고 떠났다. 철이 들었구나 하는 생각도 잠시, 바쁜 엄마에게 조금이나마 도움이 되겠다고 동동거렸을 마음이 가늠되었다. 그것이 더 가슴을 아리게 했다. 곁에서 같이 일하다가 남편을 따라 제주도로 떠난다고 했을 때는 서운함을 넘어 허탈감마저 들었다. 평생은 아니지만 내가 하는 일을 같이 하며 곁에 있을 줄 알았다. '언젠가는 떠나겠지' 하는 생각을 염두에 두지 않았었기에 마음 추스르기가 쉽지 않았다. 그런 딸이 다니러 와서 집안을 윤기 나게 청소하고 치우고 갔으니 그 흔적이 더 크게 느껴졌다.

딸이 떠나간 빈 공간에서 한참을 서성거렸다. 아직 아이들이 뿜어낸 공기라도 남아 있는 듯 이리저리 살피며 눈길을 보냈다. 어머니도 우리가 떠나오고 나면 매번 그랬을 것이다. 속까지 비워버린 허한 마음은 독주를 마신 듯 아렸다. 혼자 오랫동안 살아본 사람은 안다. 누군가가 다녀가는 것이 얼마만큼의 기쁨이며 그리움인가를.

구순을 바라보는 어머니는 이제 많이 연로하다. 거동도 자유롭지 못해 자식들 집에도 발걸음을 하지 않는다. 그래서 당신을 보러 가게 되는데, 그것이 가끔은 과제처럼 여겨져서 미안할 때가 있다. 바빠서 자주 못 가면 어머니는 언제 오냐고 보채곤 한다. 어쩌다 시간을 내서 다니러 가면 언제 갈 것인지를 먼저 묻는다. 돌아오는 것은 더 힘들다. 또 언제 올 거냐고, 답을 바라서 난처하다. 헤어짐은 짧은 것이 좋다고 너스레를 떨며 서둘러 나서면 그것마저 서운해 하니 낭패감이 들곤 한다. 무사히 집에 도착했다고 전화를 하면 집 구석 구석 내가 남긴 흔적들만 보인단다. 불편한 마음이 안정되려면 나에게도 시간이 필요하다. 다시 일상으로 돌아와서 바쁘게 지내야만 다소 안정되며 조금은 가벼운 마음으로 일할 수 있다.

어쩌면 딸도 친정에 왔다가 돌아가면 잠시라도 마음을 삭이며 지내리라. 그러나 딸아이는 제 감정을 잘 추스르는 것 같다. 나도 이제 여린 내 감정을 좀 다스리는 연습을 해야겠다. 바다 같았고 산 같았던 어머니도 자식에게 담담해 보이려고 늘 애썼을 것이다. 대부분 내가 학교에 가고 없는 시간에 다녀갔던 것을 보면 안다.

마음도 몸도 아이처럼 여려지는 어머니가 내게만 의지하려는 것은 나의 숙명이라 여기나, 딸을 위해서라도 나는 이제 홀로서기가 필요할 것 같다. 마음에 트라우마로 남은 '흔적'도 그냥 지나간 시간의 한 점이라 여겨야겠다. 스치는 가벼운 바람처럼.

2부 아름다운 기둥처럼

3부

명경같이
붉은 기억

꽃물 들이는 날

처서가 지났다. 아침저녁 공기가 다르다. 온 대지를 밤낮으로 달구던 날이 언제였던가, 가물거린다. 기억도 몸도 변화된 날씨에 적응이 빠르다. 텃밭이 있는 산 아래는 기온 차가 더 뚜렷하다. 밀집된 아파트가 공기순환을 막는 도심과는 사뭇 다르다.

더위에 지친 탓일까. 절기보다 가을은 마음에 먼저 와 있었다. 마음 한쪽은 낙엽처럼 바삭거린다. 날씨가 건조해지면서 손등도 따라서 거칠어진 까닭이다. 부지깽이도 일손이 된다는 농번기의 텃밭에서 내 작은 손은 몇 사람 몫의 일을 했다고 해도 과언이 아니다. 손이 예쁘다는 말은 어린 시절부터 많이 듣고 살았는데 지금은 거칠어진 손이 안쓰럽다 못해 서글픈 생각이 든다.

텃밭 입구에 봉숭아가 흐드러지게 피었다. 떡 본 김에 제사 지낸다는 우스개처럼 여름이 끝나갈 무렵 지인들과 함께 텃밭에서 봉숭아 꽃물 들일 날을 잡았다. 여러 날 벼르다가 없는 시간에 잠깐 짬을 내었으니 대부분 흥분된 마음으로 모였다. 예쁘게 피어있는 진분홍 꽃잎을 따 절구에 찧어 차지게 만들었다. 한 시간 가량을 실온에 두고 반죽이 꾸덕꾸덕해지길 기다렸다. 수분이 적당히 날아간 반죽을 손톱에 얹고 싸맸다. 두어 시간 동안 나란히 누워서 노닥거렸다. 손을 쓰지 않기 위해서다. 제대로 진하게 물이 들 시간은 없어도 두어 시간 남짓 들인 물이 제법 붉은색을 냈다. 지저분해지는 것이 싫어서 매니큐어 근처에도 가지 못하는 내 손톱은 늘 막일하는 손 같다. 간간이 텃밭일도 하니 손톱 밑에 흙물과 풀물이 들어 지저분해지는 것은 당연하다. 그래서 봉숭아 꽃물을 들이고 싶었다. 쉽게 지워지지 않으니 겨울이 오기까지는 제법 여성스러운 맛도 날 것이란 생각에서다.

언제였을까? 내 어린 날의 명경 같이 깨끗한 붉은 기억 한 컷. 어머니가 들여 준 봉숭아 꽃물이 발그레 떠오른다. 손톱보다 손가락이 더 벌겋게 물들었던 기억은 어린 날 어느 여름의 뜨거웠던 화인 같다. 작은 마당에는 살구나무가 낮은 돌담의 버팀목이 되어 마당에 펼쳐 놓은 멍석에 그늘까지 만들어 주었다. 그 담장 밑에 가녀리게 핀 몇 포기 봉숭아와 나는 아침저녁으로 눈을 맞추었다. 일상이 지치고 힘들어도 꽃을 좋아했던 어머니 덕분이다.

이웃에서 꺾어와 뿌리를 내린 키 큰 장미는 봄이 되면 꽃을 활짝 피웠고, 좁은 마당 귀퉁이의 봉숭아꽃은 썰렁했던 모녀의 마당을 풍성하게 만들었다. 그때도 여름이 중순을 넘어서고 있었지 싶다. 한여름의 뜨거웠던 볕살이 야위어 갈 때쯤, 어머니는 가을을 준비하고 있었다. 봉숭아 꽃잎 몇 장과 이파리 몇 개를 따서 왕소금을 넣고 돌에 짓이겼다. 반죽이 잘된 봉숭아는 작은 손톱 위에 올려 비닐을 씌운 다음 무명실로 싸맸다. 답답함에 못 이겨 싸맨 비닐을 벗길까봐 일도 나가지 않고 조금만 참으라며 옆에서 지키고 앉아 꼼짝도 못하게 했던 어머니다.

잠시도 등을 붙이지 못하는 당신이 그렇게 오랜 시간 일손을 놓고 있기는 쉽지 않은 일이다. 그림자가 마을 어귀에 설쳐질 때까지 오후 한나절을 보냈다. 답답했던 느낌이 없었던 것은 아니지만 낮 동안 일도 나가지 않고 긴 시간을 같이 있었던 당신에 대한 아득했던 기억이 더 선명하다. 손가락까지 붉게 물든 손을 보고 놀라서 큰 소리로 울었던 기억의 저편에서 어머니는 지금도 웃는 모습이다. 당신이 내게 처음이자 마지막으로 꽃물을 들여 준 날이다. 손톱에 오래도록 남아 있었던 기억은 있는데 언제 그 꽃물이 사라졌는지는 희미하다. 어머니와의 수많은 추억은 하나씩 아득하게 바래지고, 당신은 조금씩 희미한 쪽으로 멀어지고 있다.

발가락까지 꽃물을 들이고 나니 맨발로 다니던 어머니의 망가진 발톱이 떠오른다. 어머니는 하루 종일 몸으로 바람을 맞고 흙을 밟으며 산다. 신발에 흙을 담고 사는 일상이다 보니 그것을 씻느라 발은 언제나 축축하게 젖어 있다. 흙과 물에 방치된 발은 얽고 발톱은 늘 습기를 머금어 모양이 제각각이다. 취미로 하는 텃밭 일에 흙물이 밴 내 손톱에도 매니큐어를 바르지 않고 사는데 어머니의 손발톱은 오죽했으랴. 내 발톱에 들인 봉숭아 꽃물이 왠지 희미해지는 것 같다. 당신이 평생 흙을 밟고 살았던 발과 오버랩 되면서.

흙과 물에서 벗어나지 못하는 당신은 일에 지쳐 손톱도 다 닳았다. 살아온 시간만큼 마모되고 있는 손발톱을 볼 때마다

안타깝다. 바르는 약 하나씩밖에 사다 안기지 못했던 것도
미안하다. 왜 여태까지 어머니 손톱에 꽃물 한 번 들여 줄 생
각을 못했을까? 꽃물 든 내 손톱을 보고 있으니 구순을 바라
보고 있는 어머니 생각에 자꾸만 가슴이 먹먹해진다.

　당신이 어찌 내 손톱에만 붉은 꽃물을 들여 주었을까. 살
아온 매 순간 가슴이 뛰는 시간마다 막내딸의 삶이 꽃길이
길, 그 마음에 고운 꽃물만 들기를 빌었으리라. 힘든 고비도
잘 견디며 세월을 이만큼 보내고 나서야 내가 걷는 이 길이
당신이 마음으로 염원했던 꽃길이었음을 깨닫는다. 텃밭에
남은 꽃잎 몇 장 따야겠다. 꽃잎에 이파리도 보태어 백반에
천일염을 조금 넣고 작은 절구에 오래도록 곱게 찧어서 냉
동실에 보관해야겠다. 친정 가는 날 딸을 위해 나날이 꽃 뿌
렸을 어머니께 가져가야지. 아득했던 유년의 기억을 더듬으
며 마모된 당신의 손톱에 고운 꽃물 들일 생각을 하니 마음
이 먼저 발그레해진다.

　　　　　　　　　　　　　　3부 명경같이 붉은 기억

언어사용설명서

　말의 사용 설명서가 필요한 시대다. 매일 도로 위를 달리는 자동차를 볼 때 특히 자주 드는 생각이다. 이틀에 한 번꼴은 자동차 뒷유리에 붙은 글귀들을 본다. 초보운전 스티커가 대부분인데 문구가 다양하다.

　'초보예요', '죄송해요, 빵빵거리지 마세요', '가까이 오지 마세요', '저도 제가 무서워요' 정도는 애교에 가깝다. '까칠한 내 아이가 타고 있어요'에 이어 요즘은 '어제 면허 땄으니 알아서 하세요'도 등장했다. 심한 것은 '까칠한 어른이 타고 있어요'나, '내 새끼 타고 있다'라는 말은 상스럽고 반은 협박조다. 어떻게 해석해야 하나 싶다가, 성질 건드리지 말라는 말로 읽혀서 웃음기가 사라진다. 잘못 시비라도 붙으면 어떤 봉변을 당할지 모르겠다는 두려움도 생긴다. 우리는 갈수록 삭막한 세상에 살고 있음의 단면을 보는 것 같아 기분이 별로 좋지 않다.

『언어의 온도』라는 책이 도서시장을 휩쓴 적이 있다. 딱히 그것이 아니더라도 말이나 글에도 온도가 필요하다는 생각은 꽤 오래 전부터 하던 터였다. 자동차 뒷유리에 붙여 놓은 온기 없는 글귀에서 난폭함을 느낄 때면 가슴이 서늘해진다. 얼마든지 따뜻하게 조합할 수 있는 글자들도 많을 텐데, 어째서 그렇듯 겁박하는 문장으로 조합을 했는지, 인성이 읽힐 수밖에 없다. 분명 뒤따르는 누군가가 읽기를 바라는 마음으로 붙였을 거라는 생각 때문에 불쾌감이 든다. 그럴 때면 붙인 사람의 얼굴이 궁금하다.

내가 좀 편협한가 싶다가도 고개를 젓게 된다. 말은 상대적이다. 좋은 말이 오면 가는 말도 그와 비슷해진다. 말 몇마디로 서로에게 호감을 갖게도 되니, 나쁜 말에 기분 좋아질 사람은 없다. 표정 없는 글자는 더욱 그렇다. 애교스러운 글을 읽으면 빙긋이 웃게 되지만, 협박조의 글에서는 속이 부글부글 끓기 마련이다. 그것도 그런 글을 쓴 사람의 인품은 물론 얼굴이나 이름을 모를 땐 더욱 그렇다. 불특정 다수를 향해서 무례하게 뱉은 언어폭력에 내가 당한 느낌이다.

더불어 살아가는 세상이다. 사람살이에 꼭 필요한 것은 규범과 예의다. 거기에는 상대에 따라 사용하는 말도 달라야 한다. 언어예절을 지켜야 한다는 것이다. 일찍이 동서를 막론하고 말의 중요성을 강조한 속담이나 격언이 많다. '말 한마디에 천 냥 빚을 갚는다'나 '오는 말이 고와야 가는 말이 곱다', '혀끝에 칼이 있다'는 속담이나 격언은 모두 언어예절과 관련이 있다. 시대가 아무리 흘러도 사라지지 않을 격언들이다. 관계가 복잡해지면서 말의 중요성은 더욱 커졌다. 세상의 모든 시비들이 말 때문에 일어난다. 이웃이나 술자리에서 일어나는 시비나 싸움은 특히 그렇다. 대부분이 거친 말이 원인인 경우다. 말의 파장은 생각지도 못한 사건을 일으키기도 한다. 눈에 보이지 않기에 짐작조차 할 수 없는 큰 힘을 가지는 것이 말이다.

광고에서 과거의 재사용은 반가울 때가 있다. '초보운전' 스티커가 구태의연한 느낌이면서도 오랜 지기를 만난 것처럼 편안한 것이 좋은 예다. 반면 새롭고 독특한 것은 눈에 띄거나 홍보효과를 높이기도 한다. 그렇지만 다소 공격적이거나 자극적인 내용은 불쾌하다. 차에 붙이는 초보운전 스티커는 광고가 아니다. 안내이며 서툰 스스로에 대한 배려를 호소하는 말이다. 불편하고 잘못된 표현이라도 재미있으면 된다는 편협한 상술에 넘어가지 말았으면 좋겠다.

언어의 유용함은 굳이 설명할 필요가 없다. 누구나 쓸 수 있고, 어떤 것이든 사용이 가능하다. 다만 어떻게 조합하느냐에 따라 의미가 다르고, 주변 사람들에게 주는 느낌이 달라진다. 말하는 이의 이미지도 말에서 정해진다. 아름다운 언어 선택을 할 줄 아는 것은 말하는 이의 품격을 높이는 데 한몫한다. 글자를 어떻게 조합하느냐에 따라 자신의 품격을 나타내게 되며, 소통과 대화의 질을 높이는 것이야말로 자신의 가치를 높이는 덕목이다.

쉽게 하는 말 한 마디에 주변이 훈훈해지는가 하면, 찬바람이 일기도 한다. 얼었던 분위기를 녹이는 것은 따뜻한 말 한마디요, 노글노글하던 분위기를 경직되게 하는 것도 말이다. 서로를 이어주거나 단절시키는 것 또한 말이다. 말로 인해서 세상은 복잡해지기도 하고, 단순해지기도 한다. 맑아지고 탁해지는 것도 말의 영향이고, 지치고 힘든 누군가를 위로하는 것도 말 한 마디다. 자극적이고 거친 말의 남발을 기계문명의 탓으로 돌려서는 안되겠다. 언어사용설명서가 필요한 세상이라면 너무 건조하지 않을까.

굳이 말을 만든 이의 뜻까지 헤아리자는 것이 아니다. 그보다는 스스로의 존재감을 부정보다 긍정으로 나타내면 되지 않을까. 말은 행동을 지배한다. 말하는 습관에 따라 삶이 달라지기도 한다. 좋은 습관을 들이려면 어릴 때부터 듣는 말이 밝고 고와야 한다. 그런 말을 듣고 자란 아이가 그런 말을 쓰는 어른이 된다. 언어에 대한 올바른 이해와 말의 효용성은 자주 쓰는 말에서 이해하게 마련이다. 청소년들의 말에 소름이 돋을 때가 있다. 거칠고 험악한 말을 표정의 변화도 없이 하는 아이들. 암호 같은 은어에 고개를 갸웃거리기도 한다. 언어사용설명서가 필요한 말이지만, 또래들만의 세계를 들키고 싶지 않은 마음까지 헤집고 싶지는 않다. 세대 분리 욕구로 뭉친 말이어도 좋다. 다만 좀 더 밝고 유쾌한 분위기를 만드는 말이기를 바랄 뿐이다.

쓴 사람도, 읽는 사람도 먹먹하게 하는 가슴 뭉클해지는 문구도 있다. '느려서 죄송합니다.', '위급상황에 아이를 먼저 부탁합니다.' 등은 모두에게 감정 이입 되는 좋은 말의 방점이다.

지문이 된 기억

오래된 초등학교 앞에 섰다. 내가 어린 날을 보냈던 학교다. 지금은 폐교가 되어 수련장으로 쓰이고 있다. 운동장이 손 한 뼘에 다 들어온다. 손으로 만든 앵글 안에서 이리저리 각도를 바꿨다. 어떤 방향이어도 작은 것에서 비켜나지 못했다. 그토록 크게만 느꼈던 운동장이 이렇듯 작다니 속은 느낌이다. 숨이 차도록 달렸던 기억이 야속할 정도였다.

앞산에 있는 아버지 산소를 보고 오는 길이다. 길목인데도 매번 지나치기만 할 뿐 쉽게 들어서질 못하던 학교 운동장이다. 어떤 일이든 때가 있나 보다. 이번에는 가볍게 마음이 움직였다. 손님처럼 조심조심 교문을 들어섰다. 수련장으로 쓰이는 방갈로가 휑한 운동장을 채우고 있다. 넓었던 운동장을 잃어버린 것은 내 가슴만이 아니다. 방갈로가 들어찬 운동장을 서늘한 바람이 한바탕 훑고 지나갔다. 포구나무 아래에는 작은 개울이 흘렀다. 시멘트로 만들어진 관중석과, 도랑물에 청소를 하기 위해 대걸레를 빨러 오르내렸던 계단이 낡은 외투처럼 이끼를 뒤집어쓴 채였다. 감성만은 비옥했던 나의 유년이 축적된 이끼 속에서 살아 꿈틀거리는 것 같았다.

내가 태어나고부터 우리는 작은 방에 세 들어 살았다. 어머니의 먼 친척동생네 집이었다. 그 주인집에는 나보다 한 살이 더 많은 남자 아이가 있었다. 그 애가 입학하는 날 같이 입학하고 싶어서 울었던 학교다. 입학통지서도 나오지 않았는데 떼를 써서 따라갔다. 입학을 할 수 없다는 말에 우물에 자갈을 던져 넣기도 하고, 흙을 손으로 퍼 넣으면서 심술을 부렸던 기억이 이끼로 살아난 듯했다.

이듬해 입학은 기다렸던 만큼 큰 기쁨이었다. 운동장은 엄청나게 넓었다. 몇 시간은 달려야 한 바퀴를 돌 것 같았다. 지금은 도시의 작은 연립주택 규모도 안 되는 학교 건물은 왜 그리 크고 웅장하게 보였는지. 해마다 입학생이 줄더니 선배들이 졸업과 함께 무리지어 떠난 학교는 더 휑해졌다. 내 또래들이 그 학교의 마지막 한 무리가 되었고, 이후는 입학생이 마을마다 한둘, 어떤 해는 입학생이 없는 마을이 늘어갔다. 학교는 더 스산스러워져서 건물과 운동장은 더 커지고 넓어지는 듯만 했다. 운동회 때면 학생보다 마을 어른들이 더 많았다. 시골학교 운동회는 마을 잔치나 다름없었다. 펄럭이는 만국기 아래서 힘껏 달려도 숨만 찰 뿐 도착점은 아스라하기만 했다. 한 번도 달리기로 상장을 받아 보지 못한 운동장이 한눈에 다 들어오는 현실이 믿기지 않는다.

혼자 빈 운동장을 가로질렀다. 한달음에 통과했다. 뛰고 뛰어도 끝없을 것처럼 멀게 느껴지던 운동장이었다는 생각에 피식 웃음이 나왔다. 쉬는 시간에 놀다가 수업 시작 종소리가 들리면 들숨 날숨으로 내달려도 수업에 늦어서 기다시피 했던 일도 생생히 살아났다. 그 운동장 끝에 우물은 그대로 있었다. 쓰지는 않아도 옛 모습이 조금 남아 있었다. 우물은 뚜껑이 덮여 있었다. 무거운 뚜껑을 한쪽으로 밀어붙이고 우물 속을 들여다보였다. 모래와 자갈을 던지던 어린 날의 그 시간이 물속에 고여 있었다. 우물 바로 옆에는 내가 늘 청소를 담당했던 교장 선생님 사택이 있었다. 건물은 그대로

인데 녹슨 철문은 잠긴 채였다. 겨우 잠겨만 있을 뿐 반쯤 흘러내리고 있었다. 허물어진 틈으로 며칠에 한 번씩 드나들던 어린 나와 조우했다.

어느 봄날부터였다. 오후 수업이 끝나면 사택에 청소를 했다. 그것 또한 즐거움이었다. 사택 마당에는 딸기가 군데군데 빨갛게 열려 있었다. 하루 만에 다 익지가 않으니 제철이 끝나는 늦은 봄날까지 나는 혼자 딸기를 따 먹을 수 있었다. 교장 선생님은 딸기에는 아예 손도 대지 않았다. 처음에는 몰래 훔쳐 먹듯 하나씩 조바심을 내며 따 먹었다. 그러던 어느 날부터는 내 것처럼 따 먹었다. 언젠가는 딸기 먹는 내 모습을 교장선생님께 들킨 줄도 몰랐다. 찔끔 놀랐다. 당황한 나에게 단맛이 있냐고 묻던 교장선생님. 웃음 섞인 표정에 입안이 달달한 맛으로 감돌았다. 요즘 딸기에 비하면 어림없을 맛이다. 그저 약간의 단맛에 신맛이 더 많았지만 대수가 아니었다. 먹을거리가 부족했던 시골 벽촌에서, 그것도 교장 선생님 사택에서 혼자 먹는 딸기에서 신맛은 느낄 수가 없었다.

고개를 끄덕이는 나에게 실컷 따 먹으라던 참으로 자상하던 교장 선생님이었다. 그 후 딸기를 맘껏 먹게 된 나는 더욱 행복했다. 그 교장선생님도 아주 오래 전에 부고장만 남기고 먼 길을 떠났다. 사람은 떠났지만 그 마음은 품은 듯한 사택. 허물어질 듯 낡은 채였지만 교장선생님은 내 눈길이 스치는 곳곳에서 살아났다. 텅 빈 학교에도 생기가 돌았다. 고만고만했던 조무래기들의 꿈이 꽃처럼 피어났다. 하나하나 불러보고픈 이름들이 그때의 모습으로 그곳에 있는 듯했다. 음악시간만 되면 교무실에 있던 풍금을 나르며 낑낑거리던 덩치 큰 남자아이들은 지금 다 어떻게 살고 있을까.

운동장 한 귀퉁이에서 고무줄놀이를 하던 여자아이들의 웃음도 하늘 가득 퍼졌다. 무심히 옆을 스치듯 남자아이들이 지나가면 고무줄이 끊어졌다. 까만 고무줄이 잘리며 얼굴에 튕겨서 따끔해도 얼굴만 비빌 뿐이었다. 끊고 도망가는 별난 개구쟁이들에게는 대적할 수도 없었다. 그네를 타거나 구슬치기를 하는 친구가 있는가 하면, 혼자 외롭게 별 바라기를 하던 친구도 그곳에 있었다. 같은 시기를 지냈던 친구들이 더러는 또렷하고 더러는 희미한 모습으로 운동장에 나타났다 사라졌다.

6년을 다녔던 학교다. 살아온 날들을 챙겨 보면 긴 시간은 아니다. 그러나 기회만 되면 끊임없이 돋아나는 꽃 같은 날들. 다시는 돌아갈 수 없는 시간이라 가슴 한쪽이 저릿저릿하다. 오래된 정자나무는 웃음을 품어줄 아이들도 없는데 무심한 그림자를 드리운다. 마냥 편안한 모습이다.

부지런히 걸었던 곳, 어디 한 곳 내 발자국 없는 곳이 있기라도 할까. 수없이 다녔던 내 어린 날의 발자국에 한 발 한 발 포갠다. 걸음마다 일렁이는 아우성 같은 기억들이 눈앞에서 지문으로 남는다.

나만의 이력서

이력서를 쓸 일이 가끔 생긴다. 젊지도 늙지도 않은 나이에 쓰는 이력서라 느낌이 좀 다르다. 받아주는 곳이 있겠나 싶어 펼쳐 보다가도, 살아온 시간들을 다시 돌아보게 된다. 이 나이쯤 되면 오라는 곳은 없어도 갈 곳은 많다는 말을 곱씹어 본다. 그러나 막상 돌아보면 특별히 오라고 할 곳도, 할 만한 일도 없다. 갈 곳이 많지도 않다.

세상은 마음먹는 대로 호락호락하지가 않다. 함부로 덤벼들기도 어렵다. 흩어져 있던 아련한 기억까지 긁어모아 이력서를 써내려갔다. 학창시절은 아득한 저 너머의 기억이다. 언제 입학하고 졸업했는지조차 감감하다. 이상한 셈법까지 끌고 와야 날짜가 계산된다. 구질구질한 몇 줄의 이력도 정리가 필요하다. 하나씩 정리하다 보면 긴 시간이 간격을 넓히며 뭉텅뭉텅 잘려나간다. 분명 무엇인가 열심히 하고 살았는데 적으려니 실속이 없다. 줄을 세우려니 더욱 탐탁지가 않다. 삶의 이력을 빛내줄 만한 굵직한 뭔가가 하나도 없다는 생각에 스스로 움츠러든다.

학교를 졸업하고 직장에 다녔다. 몸이 아파 집에서 쉰 적도 있고, 직장을 옮긴 적도 있지만 그것이 가장 당당한 이력이다. 결혼을 하고 아이들을 낳아 키운 일은 적을 수가 없다. 가장 열심히 치열하게 산 세월인데도 이력서에 적을 수 없는 개인사일 뿐이다. 밖에서 일하는 어떤 것보다 가치 있는 일이 육아다. 그럼에도 누구나 하는 일쯤으로 여긴다. 아이를 낳고 집안일을 하는 것은 가치로 여기지 않는 것이 이력서를 요구하는 사회다. 육아를 하는 동안 세상을 살아가는 지혜를 얻는다. 시행착오를 겪으며 얻은 소중한 경험들은 어떤 일에도 맞설 수 있는 힘이 된다. 그런 것들을 이력서에 적을 가치로 인정받지 못한다는 사실이 암담하다. '엄마라는 경력은 어째서 스펙 한 줄 되지 않는 걸까?'라는 광고카피에 크게 공감하는 이유다.

그럭저럭 서너 줄로 나의 과거를 줄 세운다. 그 뒤로 이것 저것 자잘한 이력들이 뒤따른다. 참 부산스럽게 걸었던 날들이다. 이리저리 움직이며 나를 드러내기 위해 자의든 타의든 복잡하고 바빴던 세월들인데 마땅하게 붙일 제목이 생각나지 않는다. 그런 분주함이 오히려 진득하지 못한 나를 변명하는 것처럼 구차하다. 최선을 다해 살다 보니 오늘에 이르렀다는 건 자위일 뿐인가. 꽉꽉 들어찬 삶이었던 게 분명한데 적으려니 텅 빈 것 같은 세월의 공간. 뚜렷이 기록하지 못하는 아쉬움으로 씁쓸하다. 눈에 보이는 몇 줄의 이력보다 눈에 보이지 않는 행간의 이력이 더 빛나지만 이력서에서는 잿불만큼의 효력도 발휘하지 못한다.

자타가 공인할 만한 이력이 있는 것은 뿌듯하다. 무엇보다 좋아하는 것을 취미 삼아 발을 들여놓았다가 직업이 되었다는 사실이다. 한 분야에서 이십 년 가까이 일을 하고 있다는 것도 자랑스럽다. 빛나고 화려한 스펙이 아니라도 진행형인 일. 단 한 줄의 이력으로 적기에는 아쉬움이 남지만 의미는 크다. 누구에게나 인정받을 만한 일이지만, 인정을 받기 위해 적는 한 줄. 그 안에 함축된 세월이 몇 날 며칠을 고심 끝에 잘 다듬어 한 단어로 걸러낸 시처럼 소중하다.

썼내려가던 이력서를 들여다본다. 늘 미약하고 부족함이 있지만 온전한 삶을 향해 나아가는 간극이 좁은 계단을 보는 느낌이다. 거기 지나 온 시간에 따라 내가 몇 줄로 나란히 서 있다. 어떻게 살았는지 보다 무엇을 하고 살았는지로 기록 된 나의 삶. 비록 한 줄의 이력으로 표현되지 못하지만 행간 사이에 숨은 내가 빠끔히 고개를 내민다. 적당히 느긋한 표정에 헐렁한 차림새가 정답다. 각각의 줄에 적힌 나의 표정도 읽힌다. 대체로 꼿꼿하거나 반듯한 내가 약간은 답답하게 느껴진다. 적히지 못한 이력 속의 모습에 비해 측은지심이 들기도 한다. 남들에게는 당당한 내 이력이 어째서 스스로에게는 동정을 받는지 가벼운 한숨도 나온다.

가끔은 어디에 제출하기 위해, 또는 누군가에게 보여주기 위한 것이 아닌 나 스스로에게 이력서를 써 보는 것도 괜찮다. 적다 보면 자신을 제대로 돌아보는 좋은 기회가 될 것이기 때문이다. 외부 제출용 이력에서 떨어진 시간들을 챙겨본다. 추수 들판의 이삭 같은 것들이다. 굳이 예쁘게 포장하지 않아도 절로 반짝이던 시간들이 적힌다. 절망으로 꺾인 무릎을 힘주어 세웠던 순간도 새기듯 적는다. 앙버팀의 순간들인데 이젠 이를 악물지 않아도 된다.

나의 시간을 이력으로 정리하고 보니 생각보다 잘 살아온 것 같다. 헐렁한 기록인데도 자랑스럽다. 나 자신을 위해 더 잘 살아가기 위해 부단히 노력할 수 있을 것 같다. 격려하고 칭찬하고 위로하며 써내려갈 아름다운 문장으로 앞날을 살 수 있을 것 같다. 잘 살았다는 말을 마지막 줄에 적을 수 있을 것 같은 자신감도 생긴다. 무엇이든 오래 디디다 보면 미약하나마 흔적이 남게 된다. 그래서 더 행복해져야 하리라 지금 이 순간부터.

무슨 일을 했는지는 중요하지 않다. 어떻게 살았는지가 돌이켜진다. 또렷하게 그려야 할 사물보다 밑그림이 더 선명한 것도 있다. 혹은 또렷한 시간들인데도 한 줄로 정리할 수가 없어서 자연스럽게 감성이력서가 되고 만다. 가능한 제목보다는 본문으로 읽히는 이력들. 눈물과 웃음이 버무려진 나만의 이력서 속에서 온기를 품은 글자들이 걸어 나온다.

수업료

　이모를 만나러 이종사촌 동생네에 갔다. 고령에 몸이 불편한 이모는 몇 년 전부터 막내딸 집에 머물고 있다. 가까이 있으면서도 일에 쫓겨 허둥대다 보니 자주 찾아뵙지 못한다. 변명이 빈약해서 늘 미안한 마음이다. 집안으로 들어서자 현관에서부터 장아찌 냄새가 진동한다. 이미 집 곳곳에 배어 있다. 고만고만한 장아찌 통이 대리석 식탁 위에 몇 개 놓여 있다. 웬 것이냐고 물었더니 동생이 웃으며 귀여운 제자님이 가져왔다고 한다.

　뚜껑이 반쯤 열린 통 속에는 엄나무 순, 두릅, 방풍 등 산천의 새잎들이 여러 가지 섞여 있다. 맛을 보니 짜지도 않고 새

콤달콤한 것이 예사로운 손맛이 아니다. 무거워 직접 들고 오기 힘들어 퀵서비스로 수박과 같이 보내왔다고 한다. 짐이 무거워 직접 들고 다니기 버거울 정도로 힘이 부치는 나이인데도 배움의 길에 들어선 것이다. 식탁 위에 줄무늬가 선명하고 커다란 수박이 덩그러니 놓여 있다. 어디론가 곧 굴러갈 것만 같이 위태롭다.

동생이 말하는 귀여운 제자는 나이 드신 노인들이다. 귀엽다는 말을 하는데도 이질적이지 않은 것은 그분들이 공부할 때든 평소든 동생을 대할 때의 모습에서 나온다. 그야말로 나이와 상관없이 그분들에게 동생은 대단한 선생이다. 동생은 오래전부터 영어 과외를 해왔다. 주로 고등학생들이었다. 언제부턴가 주변에서 배움에 목말라하는 분들이 영어를 배우려고 모여 들면서 변변한 수업료도 없이 시작한 과외가 몇 팀이 된다. 물론 젊은 층도 있지만 주로 60대에서 70대에 달한 분들이다. 배움에 나이가 없다지만 일반적으로 영어를 배우기에는 체력적으로 고령의 나이이다.

집안에 배어 있는 장아찌 냄새를 맡으며 오래도록 각인된 내 유년이 떠올랐다. 지나온 시간 속에 하나의 점에 지나지 않지만 그 점은 강하고 진해서 아직도 내 의식 속에 남아 있

3부 명경같이 밝은 기억

다. 요즈음은 잠잠하지만 얼마 전까지만 해도 이기적인 자식 사랑이 엄마들의 치맛바람을 만들었다. 치맛바람 이면에는 대부분 촌지라는 것도 따라다녔다. 그러나 수십 년 전 시골은 달랐다. 현금을 건넨다는 것은 꿈도 꾸지 못했다. 촌지는 아예 사용이 불가한 단어였다. 그렇다고 감사를 표할만 한 마땅한 선물도 없었다.

내가 다닌 학교는 시골의 작은 학교라서 한 학년이 한 반만 있었다. 우리 5학년 담임은 남자 선생님이었다. 학교 가까운 마을에서 혼자 생활하다가 주말이면 집으로 가는 것 같았다. 우리는 점심시간이 되면 집에 가서 점심을 먹고 다시 학교로 왔다. 그날도 오전 수업을 마치고 점심시간에 집으로 갔다. 둥지에서 암탉이 요란한 소리를 내고 있었다. 알을 낳는 중이려니 여기며 혼자서 점심을 챙겨 먹었다. 학교로 가려는데 암탉이 둥지를 벗어나고 있었다. 마침 어머니도 보이지 않았다. 집에서 나오려던 내 발길은 닭장으로 향했다. 둥지에서 달걀 두 개 꺼내 들고 뛰었다.

갓 낳은 알에서 암탉의 온기가 손바닥으로 전해졌다. 그 따뜻함을 선생님이 그대로 느끼게 하고 싶었다. 다행히 교실에는 아무도 없었다. 교탁 위에 그냥 올려두면 굴러서 바닥에 떨어질 것 같았다. 선생님의 서랍을 열고 얼른 달걀을 넣었다. 누가 볼세라 서랍을 닫고는 운동장으로 나갔다. 5교시까지 조금 남은 시간을 친구들과 노는 사이 달걀을 넣어 둔 건 까맣게 잊었다.

오후 수업이 다 끝나갈 무렵 아연실색할 일이 벌어졌다. 아이들의 호기심과 나의 낭패감이 가득한 눈이 교단에 박힐 일이었다. 선생님은 한손으로 책을 높이 들고 있었다. 끈적이는 노란 액체가 바닥으로 흐르는 책이었다. 나는 고개를 들 수가 없었다. 잔뜩 웅크린 채 교단을 흘깃거렸다. 선생님의 큰 키가 거인처럼 느껴졌다. 교실을 둘러본 선생님은 아무것도 묻지 않았다. 이미 벌어진 상황은 정지된 연극 무대 같았다.

달걀이 서랍에서 굴러 안쪽 깊숙이 들어간 모양이었다. 선생님은 무심코 책을 넣었다가 낭패를 본 것이다. 책은 이미 노랗게 물들었다. 누구의 짓인지 물어보지 않았지만 선생님은 내 마음까지 읽은 뒤였다. 나는 한참을 그렇게 책을 들고 웃고 있는 선생님과 눈도 마주칠 수 없었다. 황당하지만 나무라기보다 고마움을 전하고 싶은 마음까지 숨겼을 선생님. 범인이 누구인지를 알아내려는 친구들의 눈동자까지 읽었으리라. 그대로 종례를 한 담임의 배려로 나는 친구들의 말 없는 추궁에서 벗어날 수 있었다.

친구들이 모두 집으로 돌아갔지만 나는 그럴 수 없었다. 담임과 눈이 마주치길 바라면서 교실 밖에서 서성거렸다. 조바심 내며 뭉그적거리는 나를 담임이 불렀다. "고맙다. 내가 먹었으면 더 좋았을 낀데 책이 달걀을 묵어뿄네. 말을 하지 그랬노?" 담임이 어깨를 토닥이며 말했다. 그 따뜻한 말이 모든 불안감을 녹였다. 그 후로 나는 학교 생활이 더 재미있었다. 그 분이 내 첫사랑은 아니었나, 생각해 본 적도 있다.

동생에게 영어를 배우는 분 중에는 한글학교에 다니는 분도 있다. 한글을 배우면서 이름자를 쓰고 행복했는데, 영어를 배우고 간단한 단어를 익히게 되니 꿈만 같다고 한다. 가끔은 공부방에서 들려오는 그분들의 목소리를 듣게 된다. 선생을 따라서 참새처럼 읽어나가는 높은 톤의 영어 발음을 들으면서 많은 생각이 들었다. 노인은 육체적으로 노화되면서 사회나 가정에서의 역할이 줄어든다. 설 자리가 좁아지면서 무력한 노인으로 치부되기도 한다.

동생의 제자 중에도 스스로 위축되어 꿈이 사라지고 허무하게 시간만 죽이며 살던 분도 있었으리라. 서툰 발음으로 낯선 언어를 익히는 분들을 보노라니 나까지 에너지가 생기는 듯하다. 더 열정적으로 살아갈 목표가 생긴 노인들을 보는 일은 즐겁다. 나의 노년도 희망으로 맞을 수 있을 것 같다. 삶의 새로운 목표를 찾아 준 선생이니 어머니의 맘이 담긴 선물을 주고 싶었을 것이다.

장아찌는 오래 묵혀두어야 제 본연의 맛이 우러난다. 그것들을 그릇 그릇 담으면서 흐뭇했을 그분들의 진솔한 마음이 느껴진다. 금전적 가치로 매길 수 없는 측정할 수 없는 수업료다. 달걀의 온기가 사라질까봐 야무지게 쥐고 뛰었던 그때의 나의 마음과 다르지 않을 그분들의 뭉클함이 따뜻하게 전해 온다. 오래 묵혀서 진한 맛이 든 듯, 배움에 목말랐을 어르신들의 낭랑한 목소리가 진지하다.

장롱이 놓인 자리

　거실 한쪽에 이층 장롱 한 벌이 놓여 있다. 시어머니가 없는 빈집을 지키던 마지막 유품으로, 언젠가 고향집에 갔던 남편이 늦은 밤 싣고 온 것이다. 붙박인 자리는 아니다. 다른 가구들처럼 서로 어울리게 같은 시기에 장만한 것이 아니라, 언제든지 옮겨 앉힐 수 있으니 아직도 제 자리가 없는 셈이다. 슬그머니 열어본 장롱은 텅텅 비어 있었다.

　나지막한 시골집 안방에서 옮겨 앉은 아파트가 낯설었을까. 색이며 디자인끼리 조화를 이루는 다른 가재도구들과 달랐다. 튀는 모양이 아님에도 생경했다. 낯선 아이들 틈에 선뜻 어울리지 못하고 머뭇대는 시골 전학생의 모습이다. 시어머니는 이층장을 무척 아꼈다. 시름시름 앓으며 모진 병마와 싸우면서도 늘 반질거리도록 닦았다. 낯섦에도 유행과 상관없이 정이 가는 모습은 그런 손질 덕분이다.

좋은 재질로 만든 것도 아니다. 특별히 섬세하거나 튼튼함을 느낄 수도 없다. 어딘가 느슨해 보이는 문양에 화려함도 없다. 이런저런 이유를 갖다 대봐도 딱히 집안에 둬야 할 맞춤한 이유가 없다. 그럼에도 싫지 않다. 딱히 쓸모가 있는 것이 아닌데도 미련을 버리지 못한다. 인위적인 느낌이 덜함에서 오는 정겨움 덕분이다. 나무가 가지고 있는 결을 그대로 살려 질감을 담아낸 것이 좋다. 시어머니를 닮은 장롱, 그것이 위안이 되었다.

장롱은 어머니에게 비중 있는 세간 중의 하나였다. 좁은 시골 방 뒷벽에 걸쳐 있던 시렁과 함께 휑한 방의 배경이 되었다. 언제나 수문장처럼 같은 자리에 붙박여 있었던 터라 온 가족의 마음에 집의 구조처럼 각인되었다. 계절이 바뀐다고 하여 시어머니의 옷은 크게 달라지는 일이 없었다. 새 옷을 장만하는 일도 드물었다. 한겨울 두꺼운 옷을 넣지 않으니 장롱 속은 늘 헐빈했던 것 같다. 자주 여닫을 일도 없었던 건 당연하다. 남은 가족들이 미처 챙기지 못했던 이유이기도 하다. 그 때문에 시어머니가 떠나고도 오랫동안 그 자리를 지켰다.

당신이 없는 빈 방에 들어서면 한동안 장롱을 바라보곤 했다. 방마다 붙박이장이 딸려 있는 현대에는 그 소중함이 덜하지만 여자들에게 장롱은 각별하다. 딸을 낳으면 혼수 장롱을 장만하기 위해 오동나무를 심는다고 했다. 그 나무로 만든 장롱 속에는 보이지 않는 자식사랑까지 담았으리라. 그러기에 혼수로 장만한 장롱에 애착이 가기 마련이다. 친정 부모의 분신처럼 아끼며 반질반질 윤이 나게 닦을 수밖에.

아끼는 옷가지를 넣어놓고 뿌듯해하기도 하고, 옷가지 사이에 소중하고 귀한 물품들을 잘 갈무리해두는 일종의 금고 역할도 했던 장롱. 시어머니는 거기다 보관할 귀한 물품도 없었다. 그런 만큼 자식들이 자라면서 옷의 크기를 바꿔 들여놓는 일로 고단한 일상을 보상받았으리라. 그 자식들이 하나둘 떠나버리자 시어머니의 속처럼 비어버린 장롱에 당신의 옷가지만 넣었을 것이다.

빈 집에 조각처럼 흩어진 시어머니의 추억들을 모으자니 마음이 아리다. 볕살이 그런 마음을 다독였던 날까지 남편이 신고 온 장롱에 밴 듯하다. 시어머니의 옷가지까지 들어낸 빈 장롱 속을 다시 살폈다. 특별히 찾을 것이 있어서가 아니다. 모서리까지 구석구석 훑은 다음 손으로 내벽을 만졌다. 머리카락 한 올도 잡히지 않는다. 내부에 발랐던 너덜해진 종이 부스러기들만 손끝에 닿았다가 흩어진다. "아~ 아~~ 어~엄니~~" 내가 불러본 어머니란 호칭은 공명통이 된 장롱 안에서 더 크게 운다. 언제 왔는지 곁에 선 남편이 어이가 없다는 표정을 짓는다. 싫은 표정은 아니다. 자신이 부르고 싶었던 이름에서 대리만족을 한 듯 실없는 웃음이 편안하다.

장롱은 방치해둔 시간만큼 냄새도 각진 듯하다. 시어머니가 떠난 후 제법 오랫동안 여닫을 일이 없었던 탓이리라. 늦게나마 장롱을 가져온 것이 다행스럽다. 남편은 어머니가 쓰던 물건이니 가지고 왔으면 하는 기색을 여러 번 보였다. 그때마다 나는 짐짓 못들은 체했다. 시어머니라고 해도 다른 사람의 손때가 묻은 가재도구를 함부로 들이고 싶지 않았다. 오랜 지병으로 떠난 이의 물건을 집에 들이는 것이 썩 유쾌하지 않았다. 혼처럼 깃든 병마까지 들이는 기분 때문이었다.

시난고난 앓던 시어머니는 많지 않은 나이에 세상을 떠났다. 나 또한 몸이 그다지 건강한 편이 아니다. 그 때문에 오래 않던 시어머니가 쓰던 물건에 쉬이 마음이 가지 않았다. 더 솔직해지자면 모녀간처럼 살가울 수는 없는 고부 사이였던 탓이 크다. 시어머니에게 마음을 다 열고 살지 못했던 까닭이다. 장롱은 장롱일 뿐이다. 시어머니가 쓰던 물건을 두고 말이 많아진 것이 민망하다. 여러 가지 이유를 들며 따뜻한 마음 주지 못한 시간들에 대한 변명을 늘어놓은 것 같아서 멋쩍기도 하다. 멀쩡한 장롱을 바라본다. 시어머니가 나를 바라보는 듯하다. 자상하고 부드러운 목소리가 금방이라도 흘러나올 것만 같다. 마음이 짠해진다.

원칙이나 형식보다 더한 것이 마음의 흐름인 것 같다. 길지 않은 세월 동안 가족에게 곡진했던 삶도 당신의 자리에서 나름으로 전통을 지키려고 했던 것 같다. 시어머니의 바람직한 문화 방향은 일회용이 아니다. 모든 것이 연속성 속에서 이어진다고 믿었던 것이리라. 당신의 삶이 장롱에 묻어 내게로 왔듯 나의 삶이 내 아이에게로 이어지게 하고 싶다. 시어머니의 장롱이 만들어 온 반백의 이야기를 온화하게 다시 이어가고 싶다.

거실 벽면에 장롱의 자리를 정하고 걸레질을 했다. 시어머니와 나와의 거리가 좁혀지는 시간이다. 반질반질한 장롱을 놓고 보니 처음부터 제 자리인 양 어색하지 않다. 철이 바뀔 때마다 식구들의 계절 옷들이 드나들 것이다.

골방은 추억이 아니다

흐릿한 아침이다. 어슴푸레했던 새벽의 여운을 날리기라도 하듯, 갈매기의 날갯짓이 분주하다. 몸이 가볍고 머리는 은빛 벽지처럼 맑다. 조금씩 어둠이 옅어지고 있다. 작은 방에서의 며칠이 한낱 점처럼 지나간다.

친구와 살아보겠다고 독립한 아들의 등 뒤에서 했던 다짐은 속절없이 허물어졌다. 너보다는 내가 먼저 독립하리라 큰소리쳤던 마음이 무장해제 되기까지는 초단위도 걸리지 않았다. 며칠 동안의 눈물바람 끝에 덩그러니 내 공간이 하나 생겼다. 아들 방으로 허접한 살림들을 옮기고 텅 빈 공간을 내 물건으로 채우니 나만의 공간이 되었다. 남편이 만이여서 친인척들이 제사와 명절을 보내려고 오면 쓰던 방이다. 그 한 모서리에는 거실에 있던 책상을 옮겨왔다. 글을 끼적이거나 책을 읽으니 더없이 좋다. 아늑하고 좋으니 무얼 바라겠는가.

나는 넓고 큰 것보다 작고 아담한 것이 좋다. 사람이 작아서일까, 집을 비롯해서 침실도 넓은 곳은 휑한 느낌에 싫다. 좁고 아늑한 곳에서 더 쉽게 숙면을 취하는 것이 그 좋은 예다. 2인용 침대에서도 때로 1인용 보온텐트를 올려서 잠을 청할 때가 많다. 작은 것 마니아라고 해도 손색이 없을 듯하다. 작은 공간은 늘 포근한 느낌이다.

내겐 골방이 하나 더 있다. 학원 한쪽에 마련한 나만의 작은 공간이다. 학원 내에 있어서 완전히 독립된 방은 아니지만, 거기선 대개 혼자인 때가 많다. 그곳에서 내가 하고 싶은 것도 하고 쉬기도 한다. 일터와 한 곳에 있다 보니 해야 할 일이 먼저 눈에 들어오지만 어쩌랴. 사람의 일이 고리처럼 연결되어 있는 이상, 일에 대한 부담은 일터를 벗어나도 생기는 것이려니. 그 공간에서 할 수 있는 일은 사실상 별로 없다. 맘 편히 쉬는 것이 고작일 뿐이다. 그것도 잠깐이다. 그럼에도 꾸준히 작은 공간을 탐하는 것은 오래전 집에서 가졌던 기억 때문이다.

　오빠들이 학교를 졸업한 후 도시로 떠나고부터 작은 방은 내 방이 되었다. 어둡고 침침하고 좁은 곳이지만 만족스러웠다. 단순히 내 공간이 생겨서 좋았다기보다 방에 있는 물건들 때문이었다. 오빠들의 대물림된 책상이 무엇보다도 맘을 끌었다. 베니어합판에 니스 칠이 되어 있었고 서랍이 몇 개 있었다. 코팅된 책상은 반질반질 윤기가 났다. 의자는 낡고 허름했지만 그래도 엉덩이를 걸터앉아서 책을 볼 수 있음이 좋았다. 늘 앉은뱅이책상에서 무언가를 하던 것에서 벗어날 수 있었다. 덤으로 오빠들이 보던 책들도 내 마음을 빼앗았다.

　나는 집에 있는 날이면 특별한 일을 빼고는 골방에서 나가는 일이 없었다. 한 겨울에는 이불을 뒤집어쓰고 책상 앞에 앉았다. 한여름에는 뒤란에서 뒷문 봉창으로 드는 미지근한 바람도 그 방에서는 견딜 만했다. 더위도 아랑곳없이 골방에 처박혀 있는 딸이 신경 쓰였는지 어머니는 종종 성화였다. 마을 가운데 있는 정자나무 아래가 시원하다며 나를 방에서 끌어내려고 안간힘을 썼다. 나는 행복한 은둔자였다. 그 방이 마냥 좋았다. 어머니의 성화가 부담스러워 잠깐씩 나갔다가도 다시 방으로 기어들곤 했다. 방에 꿀을 발라놨는지, 하던 어머니의 푸념도 어느 날부터 잦아들었다. 나도 덩달아 편해졌다.

그곳에는 나만의 세계가 있었다. 어두운 골방에 백열등을 켜고 오빠들이 보던 책 속 세계로의 여행은 내게 새로운 세상으로 나가는 끈이었다. 『안나 카레니나』를 통해 러시아 귀족 사회의 단면을 엿볼 수 있었고, 한때 명망 있었던 철학자들의 이름도 마음에 새겼다. 크리슈나무르티의 사상에 잠깐 발을 적신 적도 있다. 두어 평 남짓한 그 곳에서 나는 글을 쓰는 사람이 되겠다는 구체적인 꿈을 꾸었다. 주제도 내용도 흐릿한 스토리를 휘갈긴 밤도 있었다.

하룻밤 새 원고지 칠팔십 매를 바로 적어 다음날 신문사에 보냈던 치기도 스민 방이다. 첫 문장을 읽다가 쓰레기통으로 갔을 낙서 같은 글이었지만 기억만은 따듯하다. 유일하게 커피를 마시는 아버지와 진한 다방 커피를 타서 마셨던 방도 그 방이다. 올빼미처럼 보낸 밤들이 그 작은 방에 켜켜이 쌓였다. 안개 낀 새벽, 어머니의 발소리를 듣던 방. 널브러져 있거나, 마구 흐트러져 있는 물건들도 허용되는 자유로운 공간, 나만의 보호 구역인 셈이기도 했다.

오래전부터 그려오던 풍경화였다. 온 가족이 각자의 방이 있어 잠을 자고, 나는 나만의 공간에서 나의 시간을 향유할 수 있는 꿈같은 그 방에는 조선의 파란만장한 역사도 함께 있었다. 온 가족이 각자의 방을 가질 수 있는 집은 아니었지만 내 꿈은 이루어진 것이다. 역사와 문학사는 학교에서보다 그 방에서 더 많이 익혔다. 한때는 추리소설의 명탐정이 되는가 하면, '인간은 무엇인가' 하는 생각에 수렁처럼 깊이 빠져들기도 했다. 염세철학의 껍질만 들춰서 맛본 뒤의 우울을 흉내내기도 했다. 여러 장르의 문학인들과의 끝없는 독자로서의 대화도 지금껏 이어진다. 생몰 연대가 오래전에 정리된 사람이 대부분이었지만, 살아 있어도 감히 만날 수도 없는 거장들과 눈 맞추기도 했다. 꼬깃꼬깃한 나의 허세를 씨 뿌리고 싹 틔웠던 골방의 힘은 상당히 지배적이다.

그 방에서는 낮보다 밤이 더 낫다. 낮에는 할 수 없는 생각들이 밤만 되면 찾아들었다. 무한의 시간과 꺼리들을 가지고 찾아드는 밤. 그 방문 밖에는 나처럼 어설프게 제 역할에 충실하지 못하고 잠들지 못하는 새들도 있었다. 자연에서도 사이드에 사는 새들은 울음도 쓸쓸하다. 처절하고 절절한 그 중간쯤의 울음이다. 외로움과 행복의 중간쯤에서 질러댔던 내 외침처럼. 그것은 지나온 날들의 기억들이 여과지를 통과하고 남은 응집체와도 같았다.

밤이면 낯선 거리의 날들이 일관성 없이 찾아왔다. 실 한 올 걸치지 않은 채 온몸에 찬바람을 맞으며 서 있는 듯도 했다. 내 안에서 어떤 것들이 발효되고 생성되고 다시 소멸할지 알 수 없는 혼돈 속에서 골방의 주인으로 나는 오랜 시간을 보냈다. 젊은 날의 절정을 즐거운 은둔자로 살았던 방. 나를 스스로 가둔 골방이 없었다면 얼마나 무미건조하게 살았을까.

골방은 추억이 아니다. 현재진행형 공간이다. 오래전의 그 작은 골방은 아니라도 나는 작은방에서 지친 하루와 버거운 일상들을 견딜 수 있는 에너지를 얻는다. 문을 열고 들어서면 마음이 편안해진다. 깔끔하게 정돈된 것이 아니라, 잡다한 물건들이 어수선하지만 나름의 질서도 있다. 내게 어떤 공간인지 내 몸이 먼저 받아들이는 방이다. 거기서 온전한 나와 조우하는 시간이 새로운 여유로 채워진다.

자신을 위한 독백

아들이 독립했다. 빈 방을 정리하다 오래된 카세트를 발견했다. 테이프를 넣어 노래를 들으며 손을 놀린다. 평소에 무심코 들었던 노래들이 많다. 세대 차이를 느끼게 했던 노래도 있다. 그 모든 노래들이 다 슬펐다. 먼지를 털어내다가도 울적함에 누가 때리기라도 한 듯 눈물이 났다. 한 사람 난 자리가 이렇게 크게 느껴지는 것일까?

휑하게 비어 버린 방에 내 책과 옷을 옮겨서 엉성한 채로 빈 공간을 채웠다. 방을 대충 채운 뒤 책상을 정리하는데 포장도 뜯지 않은 책 몇 권이 눈에 띈다. 함께 동인활동을 하는 회원의 수필집이다. 발송할 때 찍은 소인을 살펴보니 받은 지 꽤 되었다. 펼치는 손에 미안함이 얹힌다. 미처 포장도 뜯지 못할 만큼 바빴다는 변명조차 구구해질 만큼. 내 작품집도 이런 대접을 받게 되면 어쩌나 싶은 이기적인 염려도 생긴다. 저자의 이름만 보면 여성일 것으로 짐작할 만한 이름의 남자가 쓴 수필집이다. 글 한 편 한 편이 감동적이다. 주로 아내와 가족에 대해 쓴 글인데도 진부하거나 관념적이지도 않다. 가장 흔하고 많이 쓰이는 가족 이야기인데도 독자가 공감할 객관적인 감동이 있다. 공감대 형성에 성공한 예이다.

가족 이야기는 감동을 주기도 하지만 진부함을 느끼게도 한다. 자칫 잘못 쓰게 되면 글의 수준을 떨어뜨리는 것도 그 때문이다. 누구나 겪는 일상사를 자신만 느끼는 것처럼 쓴 글들이 많은 세상 아닌가. 그럼에도 아픈 아내와 슬기롭게 살아가는 이야기는 부러웠다. 결혼을 하고 독립을 했던 자녀들과의 교류는 특히 눈여겨볼 이야기였다. 기억을 잃어가며 쇠약해지는 아내를 위해 딸의 가족과 살림을 합치는 과정묘사는 애절하고 안쓰러웠다. 아내의 기억을 살려주고 추억을 만들기 위해 떠난 여행 이야기, 아내를 잃어버릴 정도로 아슬아슬했던 순간들, 천진난만하게 너무 행복하다며 다시 오자는 아내를 바라보는 작가의 따뜻한 시선으로 채운 수필집은 가볍지도 진부하지도 않았다. 알고 싶지 않은 개인의 일상사 혹은, 한 가정의 역사를 읽었다는 낭패감이 없다.

집을 떠난 아들 때문일까, 자녀들과의 작별에는 크게 공감했다. 언젠가 떠날 거라는 막연한 생각이 현실이 된 시점에 읽길 정말 잘했다는 생각이다. 막상 떠난 뒤의 허허로움이 기웃거려 낯설던 집이 차차 눈에 익는다. 겹겹이 싸매고 견고하게 다짐하던 마음이 사소한 것에서 일순간에 무장해제되는 일도 시나브로 줄어들고 있다.

나는 다른 이들보다 좀 더 아이들을 자유롭게 키웠다. 어쩌면 방임했다 해도 과언이 아니다. 아들이 학교를 떠나고 군대를 갈 때도 덤덤했다. 여자 친구가 생겼다는 말에도 그다지 궁금하지 않았다. 아들은 늘 긍정적이고 에너지가 넘친다. 제 스스로 힘든 시기를 겪을 때조차 힘들어하는 엄마의 에너지원이었다. 자타가 인정하는 긍정 아이콘이다. 출퇴근 때마다 허리를 굽혀 큰 소리로 인사를 할 때는 삭막한 우리 집에 훈풍이 일기도 했다. 사실은 독립을 해도 내가 걱정할 일은 하나도 없다. 아들이 떠난 뒤에 내 허전함을 채울 만한 것의 부재를 염려한 것이었을지도.

이런 내 맘을 아는 걸까. 아들은 자주 전화를 한다. 같이 사는 동안은 통화한 기억이 거의 없다. 그래서일까. 아들과의 통화는 반갑고 먹먹하다. 눈물이 날 때도 있다. 이처럼 나약한 엄마였나 싶은 순간들이다. 이런 순간들은 몸을 많이 움직이게 한다. 안 하던 집안일을 찾아서 한다. 빨래한 지 열흘 남짓한 이불까지 욕조에 담그고 지근지근 밟는다. 약해지려는 마음을 꾹꾹 누른다. 하루하루 날짜가 지나다 보면 나아질 거라는 기대를 누름돌처럼 얹어서.

적절한 시기에 읽은 수필집이 많은 위안이 된다. 아픈 아내를 안쓰러워하는 마음과 애살스런 딸과의 동거로 손자들이 주는 즐거움을 맛깔스럽게 버무리는 이야기가 힘이 된다. 같은 종류의 것은 아니지만 다른 사람의 상처에서 내 상처를 발견하고 치유하는 과정을 겪은 셈이다.

일이 있어서 다행이라 여긴다. 주부로서만 지냈다면 무위도식한다는 생각에 스스로를 가뒀을지도 모른다. 독립한 아들에 대한 원망도 키웠으리라. 낮에는 바쁘게 일하고 사람들을 만나는 사이 아들의 부재조차 잊고 사는 날들이 다행이지 않은가. 아들은 여전히 전화를 자주 한다. 하는 일이 바빠 짧은 통화로 끝낼 때도 있다. 어느덧 집에서가 아니면 아들의 부재를 잊을 만큼 담담해지고 있다. 엄마, 괜찮아? 응, 괜찮아. 아들과 주고받던 말이 최면이 되었다가, 오히려 내가 아들에게서 독립을 한 기분이다.

읽다 만 수필집을 다시 펼친다. 그의 아내는 아이가 되었다. 여행지에서 호텔 밖으로 나간 아내가 기억을 잃었다. 애타게 찾던 가족들 앞에 나타난 아내는 호텔 직원의 손에 이끌린 채였다. 가족들을 만난 아내가 천진난만한 얼굴로, '여보, 우리 또 여행 오자.' 하는 순간에도 '그래, 이 정도면 괜찮지.' 했다던 작가의 말이 자기위안이었음을 깨닫는다.

그래, 괜찮아. 벌써 익숙해진 아들의 부재인식이 슬그머니 미안해진다.

혼밥

혼밥이 늘어나는 추세다. 어디 혼밥뿐이겠는가? 혼술도 늘어난다. 1인 미디어, 1인 기업, 1인 출판 등. 집들도 혼자 살기 좋게 만든다. 사회적인 붐이다. 우중충한 날은 혼자 시간을 즐기는 것도 나쁘진 않을 것 같다.

혼술이나 혼밥이 거북스럽지 않은 것은 조금씩 변해가는 사회적 분위기 탓이다. 바쁘게 생활하다 보면 혼자 밥을 먹어야 할 경우가 생긴다. 어쩔 수 없는 상황이라면 굶을 수도 없으니 혼자라도 먹는 것이 자연스럽다. 그럼에도 식당에 혼자 들어가면 사람들 눈치를 보게 되는 경우가 있다. 자격지심일 게다. 누구와 같이 밥 먹을 사람도 없나, 인생을 잘못 살았나 등등 말도 되지 않는 이유를 생각한다. 누군가 그런 말을 하는 것이 아니라 그만큼 스스로 부자연스러운 때도 있었다.

그러나 요즘은 당당하게 혼자 밥을 먹거나 술을 마시는 모습을 보게 된다. 특히 젊은 사람들이 많지만 얼마 지나지 않아 남녀노소를 구분하기 어려울 것 같다. 혼자 식당을 찾는 모습은 인구 감소가 주범인 것 같기도 하다. 좀 더 시간이 지나면 젊은 층보다 중장년층 이상이 혼자 밥을 먹거나 쇼핑을 하게 되는 경우가 더 많아질 것 같다.

갈수록 식구는 단출해진다. 시장을 봐서 집에서 이것저것 만들어 한 끼를 먹을 때와 비교하면 가성비가 갑이다. 차라리 밖에서 식사를 해결하는 것이 자연스러워진 이유다. 그래서인지 일부 식당들은 혼밥 메뉴가 다양하게 늘어나고, 혼밥을 먹으러 오던 손님을 홀대하던 식당 주인들도 시각이 바뀌고 있다. 그러나 그런 것들이 완전히 정착하기까지는 아직 시간이 많이 필요할지도 모른다.

어떤 식당에 들어서서 메뉴판을 보면 2인 이상 주문이 가능하다는 글귀가 보인다. 결국 먹고 싶었던 음식을 못 먹고 사이드 메뉴를 선택해서 먹는 경우도 있다. 물론 번거롭고

손이 많이 가거나 1인용으로 내놓기 불편한 양의 음식이 있을 수도 있다. 그러나 2인분으로 책정된 메뉴를 절반으로 나눠 1인 메뉴로 만들면 된다. 그런데도 변화에 쉽게 적응하려고 하지 않는 사람들이 많다. 이미 만들어진 나름의 규칙을 고집하다 보면 고객을 밀어내는 결과를 초래할 수도 있다.

나는 가능한 밖에서 생긴 일이나 갈등 같은 것은 집으로 가지고 가지 않는다. 나 혼자 감당해도 될 일을 가족까지 힘들게 할 필요가 있나 하는 것이 내 지론이다. 가족도 때로는 짐이 되는 경우가 있다. 가족에게 하소연하는 것이 부담이 되기도 한다. 정말이지 어떤 날은 혼밥을 핑계로 혼술도 하고 싶은 날이 있다. 누군가를 불러내어 번거롭게 하는 것도 염치없어 보이니 가끔은 혼자라도 괜찮을 것 같다.

그것도 일종의 소통이라는 마법이 아닌가 하는 생각이 든다. 언젠가 나도 당당하게 혼밥과 혼술을 즐겨야겠다. 빗방울 들이치는 창가에 혼자 앉아서 당당히 혼자를 즐기고 싶다.

4부

수런거리는
억새밭

복주머니

딸이 두고 간 여분의 짐을 정리하다가 복주머니를 발견했다. 진분홍색의 예쁜 주머니가 단연 반가웠다. 냉큼 집어서 열어보았다. 아무것도 없다. 빈 주머니는 깨끗했다. 결혼식 날에 한 번 입었던 한복의 장식품이었으니 그럴 만도 하다. 그날 이후로는 쓸 일이 없었을 테지만 왠지 거기 담길 복을 외면한 듯해서 아쉬웠다. 이리저리 만져보다 한복이 담긴 박스에 고이 담아서 챙겨두었다. 아무리 예뻐도 앞으로는 복주머니를 사용할 일이 없을 것이라 여기니 서운했다.

내게도 작은 복주머니가 몇 개 있다. 크기도 각각 다르다. 하나는 동전 몇 개만 겨우 들어갈 정도로 작은 것이다. 두 개를 짝지어 묶어놓은 복주머니는 붉은색이다. 가지고 있으면 복이 들어온다며 결혼 전에 어머니가 만들어 준 것이다. 지금껏 장롱 한 편에 걸어두고 있다. 장롱에서 옷을 꺼낼 때나, 문을 열 때마다 고운 색이 여전한 복주머니가 눈을 밝힌다. 이제는 장롱의 손잡이만큼이나 있어야 할 곳에 당연히 있는 물건처럼 느껴진다.

동전이 들어갈 만한 작은 주머니는 짙은 남색이다. 이것 역시 바느질에 훤했던 어머니의 작품이다. 어머니는 자투리 시간도 그냥 보내는 일이 없었다. 짬짬이 뭔가를 만들었다. 대개는 생활에 필요한 것들이었다. 옷을 만들어 입는 것은 지극히 당연한 일이었다. 복주머니들은 거기서 남은 천으로 만든 소품이다. 그 작은 주머니는 내 성장과 함께 했다. 처음 주머니를 만들었던 때는 아주 요긴하게 사용했다. 동전이라고 해서 요즘처럼 홀대받던 때가 아니었다. 아무리 작은 액수의 동전이라도 제 가치를 인정받았기에 복주머니 또한 요긴한 보물이었다. 동전이 가득 든 복주머니에서 찰랑거리는 소리를 들으면 부자가 된 듯했다.

어머니는 산 세월만큼 큰 주머니를 지니고 다녔다. 밭일을 하거나 집안일을 할 때 말고는 늘 달고 다녔던 주머니는 내 얼굴만큼 컸던 것 같다. 외출을 하거나 장사를 나갈 때면 늘 몸뻬 바지 허리춤에서 덜렁거리곤 했다. 어머니는 긴 끈에 큰 주머니를 단단히 묶어서 허리춤에 매달았다. 품이 풍성한 몸뻬가 더 풍성해 보였다. 빈주머니로 나갔던 어머니는 대개 꽉 찬 주머니를 매달고 돌아왔다. 몸뻬 안에서 이리저리 흔들리는 모습이 때론 우스꽝스러웠다. 주머니가 너무 무거운 날은 주머니를 풀어서 허접한 물건이 담긴 대야에 숨겨서 이고 오기도 했다. 동전 때문에 무거워서 대야에 담았지만 어머니의 마음은 가벼워 보였다.

그런 날은 복주머니가 참 걸맞다는 생각을 했다. 행상을 하는 어머니를 보면서 돈과 복을 동일시한 것이다. 어머니가 복주머니란 이름으로 부르는 주머니에 늘 돈을 담았기 때문이리라. 어머니가 주머니를 풀고 동전을 세는 걸 보면서 내가 가졌던 생각도 돈은 곧 복이었다. 동전 사이에서 간혹 몇 장 안 되지만 오백 원짜리 지폐도 나왔다. 그런 날은 나도 모르게 '엄마 복 받았네'를 연발했다. 십 원, 백 원짜리 동전 사이의 지폐 오백 원이 복덩이처럼 느껴졌던 것이다. 돈을 다 쏟아내고 홀쭉해진 복주머니도 넉넉하게 보였다. 어머니도 고단함을 잊는 것 같았다. 환한 얼굴로 돈을 세고 난 뒤에는

　　　　　　　　4부 수런거리는 억새밭

쓰다듬듯이 복주머니를 만졌다. 마치 무슨 보물을 다루듯 머리맡에 두고는 잠자리에 들었다.

어머니의 복주머니에서는 늘 동전 냄새가 났다. 그 냄새가 좋지는 않았다. 쇠 냄새와 비슷했다. 그렇지만 불쾌한 것도 아니었다. 아침이면 복주머니에 코를 대고 어머니는 가만히 냄새를 맡았다. 나도 당신이 하는 것처럼 따라 해 보았다. 그때 맡은 것이 동전 냄새였다. 나중에 내 행동이 얼마나 어처구니없었는지를 깨달았다. 어머니는 복주머니의 냄새를 맡은 것이 아니었다. 하루의 굳건한 마음가짐 같은 것이었던 게다. 그걸 내가 돈 냄새를 맡는 걸로 오해했던 것이다. 그럼에도 내게 어머니의 복주머니는 오랫동안 돈주머니였다. 어머니가 벌어오는 돈 또한 복이었다. 복과 돈을 동일시하던 마음이 희석된 것은 복주머니의 쓸모가 사라지면서부터였다.

바느질 할 일이 줄면서 어머니의 복주머니도 지갑으로 바뀌었다. 그런 변화는 어머니를 한동안 혼란스럽게 했다. 복주머니와 지갑은 보관 방법이 달랐다. 복주머니는 허리에 매달면 그만이었다. 지갑은 달랐다. 주머니에 넣거나 손에 들어야 했다. 몸에 붙이고 다니던 것을 따로 보관해야 하는 일은 어머니를 번거롭게 했다. 매달고 다니는 데 익숙했던 어머니는 들고 다니던 지갑을 몇 번이나 잃어버렸다. 돈이 몇 푼 되지 않은 날도 있었고 물건을 팔아서 제법 묵직했던 날도 있었다. 결국 어머니는 손지갑 대신 눈에 띌 만큼 큰 가방을 지니고 다닌다. 가끔 가방을 열어서 붉은 지갑을 꺼낼 때마다 어머니가 매달고 다니던 복주머니가 생각났다. 그 속에 들었던 복이 어머니의 수고와 비례했다는 생각도 들었다.

어머니가 만들어준 복주머니를 하나하나 꺼내서 열었다. 낡은 지폐가 들어 있는 복주머니도 있다. 지금의 것보다 크기가 더 큰 천 원짜리 지폐다. 어머니가 복처럼 넣어서 준 것을 그대로 두었던 모양이다. 정말 복을 받은 듯 기뻤다. 한복 박스에 넣어두었던 딸의 복주머니도 다시 꺼냈다. 딸아이의 복주머니에 나도 빳빳한 오만 원짜리 지폐 한 장을 넣고 잘 여몄다. 내가 직접 만들지는 않았지만 돈을 복으로 여겼던 시절을 넣은 것이다. 언젠가는 딸도 복주머니를 열고 나 같은 기분이려니 여기니 마음이 흐뭇하다.

주머니를 방바닥에 늘어놓았다. 줄을 세우니 복이 넘쳐나는 것 같다. 지녔던 만큼 세월의 더께들이 묻은 복은 부피도 무게도 다르다. 기쁨이었지만 때로 슬픔이기도 했던 복이 묻어 있다. 말없는 복주머니 앞에서 다복함에 웃음 짓는다.

더불어 산다

연통 청소를 끝낸 남편의 얼굴이 새까맣다. 남편에게 물휴지를 건네고 나도 얼굴을 닦았다. 새까만 얼굴을 서로 마주 보며 한참을 웃었다. 뜯어낸 새집은 검댕을 까맣게 묻힌 채다. 황무지 같던 곳에 깃들일 생각을 했던 새들이 안쓰럽고 고맙다. 새들의 흔적을 만나기까지의 과정이 또렷이 돌아다 보인다.

몇 년 전 인근에 밭 한 뙈기를 장만했다. 등기에 기록된 용도는 답(畓)이다. 어디까지나 서류상의 용도일 뿐 실상은 황무지나 다름없다. 꽤 오랫동안 방치된 터라 논이라는 이름과 걸맞은 것은 아무것도 없다. 우거진 잡목으로 야산에 가까웠

다. 그 사이로 짐승들이 낸 듯한 길은 조붓한데도 반질반질
했다. 그때까지만 해도 짐승들의 안위는 아랑곳 않고 먼저
잡초를 제거했다. 땅 고르기를 반복하며 거름과 각종 퇴비를
틈날 때마다 부었다. 차진 흙은 쉽게 부드러워지지 않았다.
오래 묵혀둔 탓이기도 하거니와, 원래 논이었던 까닭이다.

어렵사리 밭을 만든 것은 순전히 노동의 결과였다. 처음
장만한 땅이라 지칠 줄 모르고 일할 수 있었다. 어느 정도 부
드러워진 흙에 여러 종류의 과일나무를 심었다. 채소도 씨
뿌려 가꾸었다. 일하는 재미가 여간 쏠쏠하지 않았다. 서툰
농부라 일을 제대로 해내지 못하는데도 노력에 비해 수확은
풍성했다. 거둘 때마다 자연으로부터 선물을 듬뿍 받는 기분
이다.

산속이라 공기가 맑은 만큼 겨울에는 유난히 춥다. 한낮에
도 도심에 비해 떨어진 기온 탓으로 겨울에는 살을 에듯 공
기가 차다. 날씨가 추워지기 시작하면 밭에서 나는 것도 없
다. 굳이 추위를 핑계 삼지 않아도 봄여름보다는 발길이 뜸
해질 수밖에 없다. 농사가 주업이 아닌데도 겨울이면 농한
기를 맞은 농부의 마음이 된다. 밭이 궁금한 날도 종종 있다.
궁리 끝에 비닐하우스 한 동을 지었다. 가끔이라도 가게 되

면 추위를 피하기 위해서다. 농사에 필요한 도구를 넣는 창고로 쓰기에도 안성맞춤이다. 머무는 시간이 길어지면서 작은 화목 난로도 만들어 설치했다. 불을 피워 놓고 따뜻한 차한 잔을 만들어 추운 몸을 녹이기 위함이다. 마음을 차분하게 하는 고적함도 좋다. 이런 감성들 덕분에 봄이나 여름 가을도 좋지만 추운 겨울도 나쁘지 않다.

이듬해 늦겨울이 끝날 무렵이었다. 밭일을 하는데 기온이 떨어지면서 몸이 으스스했다. 잠깐 난로에 불을 피웠다. 그런데 난로의 불이 잘 타지 않았다. 연기만 꾸역꾸역 났다. 비닐하우스에는 금방 매캐한 연기로 가득했다. 풍향 때문이려니 여기며 대수롭지 않게 생각했다. 연통의 방향을 바꿔 다시 붙여도 마찬가지였다. 그래도 일시적이라 생각했다. 허나 언제부턴가 슬금슬금 불이 잘 지펴지지 않았던 것 같기도 했다. 연기만으로도 추위가 가셨는지, 난로의 이상에 신경 쓰느라 느끼지 못한 건지 우리는 이미 추위 따위는 잊은 채였다. 다시 불을 지피길 몇 차례, 번번이 땔감이 타는 대신 연기만 자욱해졌다. 연통을 보았지만 굴뚝으로는 실낱같은 연기도 빠져나가지 않았다. 급기야 연통 청소를 하기로 한 것이다.

천장 지렛대에 엮어둔 철사부터 풀었다. 연통 이음새를 뜯어 바닥으로 방향까지 틀었다. 새까만 검정들이 검은 비처럼 끝없이 쏟아져 내렸다. 바깥쪽에 있는 끝부분까지 당겨 내려서 손을 넣었다. 놀랍게도 연통 끝에 뭉쳐 있는 것은 새집이었다. 완성된 것은 아니지만 새집은 꽤 모양을 갖춘 상태였다. 촘촘하게 엮은 솜씨도 놀라웠다. 더 안쪽 깊숙한 곳까지 주변에서 물어다 날랐을 마른 풀과 이끼가 가득했다. 연기가 빠져나갈 수 없는 상황이었다. 황당하기도 하고 놀랍기도 했다. 헛웃음만 나왔다. 연통이 새들의 은밀한 집터도 될수 있다니! 겨우 추위를 피하려고 만든 인간의 난로와 연통이 새들에게는 보금자리였다니 생명을 담보로 한 집이 아닐수 없다. 봄이었다면 새가 알을 품고 있었을지도 모른다. 그런 날 불을 피웠다면 어땠을까, 아찔했다. 아마도 어둡고 좁은 연통이 밖으로 노출되지 않아 새들의 집터로는 안전하다고 생각했던 모양이다.

우리의 터전이라고 만든 곳이 과연 내 것인가. 어쩌면 나보다 먼저 자리 잡고 살았던 새들이나 동물들을 잠시 생각했다. 그들이 마음껏 노닐 수 있는 곳을 내가 주인이란 이름으로 차지한 것 같아서다. 사람이 아니라면 자유롭게 지낼 그들의 터전을 뺏기라도 한 듯 미안해진다. 그러면서도 조금 더 누리고자 하는 욕심에 그걸 잊고 사는 때가 많다. 연통에서 한가득 쏟아진 검정과 부서진 새집을 밭에 버렸다. 어차피 사람의 손길을 탄 집이니 새가 깃들지 않을 것이다. 검정을 묻힌 채 동그란 새집이 바람에 날린다. 새가 연통으로 들지 못하게 철망으로 막자는 임시방편도 생각했다. 언제 또 새들이 품속처럼 아늑한 곳이라고 날아들어 집을 지을지도 모를 일이기 때문이다.

생각해보면 새들과 우리가 한 공간에 있다는 것도 꽤 괜찮은 것 같다. 다만 불을 피워 연기를 내보내야 하는 연통이니 위험하다. 우리는 텃밭 일을 하다가 날이 추우면 여전히 불을 피울 생각이다. 장소를 바꾸어 밭 가운데 북데기를 모아 태우며 곁불을 쬐는 것으로 만족하자고 했다. 새들이 거기서 알을 낳아 안전하게 키운 새끼를 데리고 떠날 수 있도록. 새들과 하나의 공간을 공유하고 있다는 생각에 푸근해진다.

다행히 한겨울이 지나고 봄이 오고 있으니 불을 지필 일은 그다지 많지 않을 것이다. 그래도 추우면 옷 두껍게 입고 견뎌 볼 생각이다. 자연에서의 생활은 조금 불편하면 어떠랴. 조금 불편한 대로 살아가다 보면 어느새 익숙해지고 몸에 맞는 옷처럼 편안해지려니. 새가 내 처마 밑으로 들어와 둥지를 트는 일이 어디 흔한 일이겠는가. 다행히 이곳은 새들과 우리가 들고 나는 시간이 같지 않으니 서로 불편할 것도 없다. 새들이 와서 머물다 가고 나무들이 바람까지 품고 나면 산 빛이 낱낱이 기억하리라. 일기 같은 어제의 것들을.

이곳과의 심리적 거리가 날마다 조금씩 가까워지는 이유를 알겠다. 이름 모를 새들에게 집을 잠시 양보하고 도심으로 향한다. 그곳에 품속 같은 내 집이 있다.

4부 수런거리는 억새밭

나의 이름들에게

최옥연. 내 이름을 서두에 적어본다. 내 이름 옥연에는 어딘지 숙연함이 스며 있다. 천방지축 방정을 떨면 안 될 것 같은 조용함이 느껴진다. 이런 생각이 들면 좀 야속하다. 왠지 이름처럼 살아야 된다는 은근한 부담이 생겨서다. 내가 살아온, 짧으나 구구절절한 삶과 내 이름들은 무관하지 않다. 옥연이라는 이름은 나의 마지막 이름이 되기를 바라는 마음이다.

나는 많은 이름들로 불리어졌다. 태어나서는 항렬자인 '정'에 따라서 정희로 불렸다. 초등학생이 되면서 차츰 내게서 잊힌 이름이다. 태어나서 7년을 나는 정희로 살았다. 유년의 절반이다. '정희'가 당연히 내 이름인 줄 알고 살았는데 더 이상 그 이름을 쓸 수 없는 일이 생겼다.

초등학교 입학식 날이었다. 많이 설렜다. 왼쪽 가슴에 단 하얀 손수건이 특별한 장소의 초대장처럼 느껴졌다. 뛸 듯이 기뻤던 이유는 또 있었다. 1년 전의 아쉬움을 해소할 수 있다는 사실 때문이다. 그날 나는 입학을 하고 싶었다. 잠깐 세를 들어 살았던 집의 남자 아이가 입학을 하는 날이었다. 나보다 한 살 많았던 그 남자 아이와 학교를 같이 다니고 싶었다. 떼를 쓰고 울며 보채는 내 성화에 못 이겨 어머니는 나를 데리고 학교에 갔다. 입학생들이 줄지어 서 있었지만 나는 운동장 가운데 설 수가 없었다. 1년을 더 기다려야 했다.

책가방을 들고 아침마다 학교에 가는 남자 아이를 바라만 보며 기다리는 나의 일 년은 길었다. 당당하게 입학식에 가는 일은 그야말로 감개무량이었다. 그 어떤 말로도 표현하기 어려울 만큼 좋았다. 친구들과 줄을 서면서도 마음은 하늘을 날고 있었다. 아는 친구도 있었고, 산 너머 마을에서 온 낯선 친구들도 있었지만 모두가 반가웠다. 들뜬 마음으로 한 명, 한 명 이름을 부르는 동안 설렘은 지속되었다. 오로지 내 이름이 불리기를 기다렸다. 친구들이 호명된 자신의 이름에 대답을 하는 동안은 지겨웠다.

대답 안 한 친구가 한 명도 남지 않았는데 내 이름은 없었다. 나는 어리둥절하면서도 불안했다. 그럼 이번에도 이 학교에 다닐 수 없는 건가, 걱정이 되었다. 벙벙해진 채 두리번거리며 어머니를 찾았다. 그때 이름을 부르던 남자 선생님이 내 옆에 섰다. 네 이름을 불렀는데 왜 대답을 안 하느냐고 물으면서. 잘못 들은 걸까, 어디다 혼을 팔고 이름도 듣지 못했을까 부끄러웠다. 얼굴이 화끈거리는데 어머니가 가까이 왔다. 그 선생님은 어머니께 내 이름이 최옥련이냐고 물었다. 고개를 갸웃거리는 어머니를 보면서 혼란스러웠다.

'옥련'은 호적에 실린 이름이었다. 집에서 부르는 이름은 어머니가 지었다. 호적에 올린 이름은 따로 살던 아버지가 이웃 어른에게 부탁해서 지은 이름이었다. 새 이름을 듣는 순간의 낯섦이 싫었다. 그렇지만 어쩌랴. 호적에 오른 이름이니 어쩌겠는가. 그날부터 나는 낯선 이름과 동고동락했다. 내 몸에 겉도는 큰 옷처럼 귀에 거슬리지는 않았지만 입에 붙지도 않았다. 6년 내내 그 이름은 낯선 그림자처럼 나를 졸졸 따라 다녔다. 이름이 주는 혼란은 그것만이 아니다.

나는 설리라고도 불렸다. 마을 사람들이 붙인 이름이다.

내가 서럽게 자란다고 그렇게 불렀단다. 나는 의미도 모른 채 부르는 사람에 따라 이름이 달랐다. 누구에게나 이웃들이 부르는 이름이 따로 있으려니 여기며 자랐다. 어릴 적에 정희와 설리가 번갈아 불리어져도 그 이름 안에 그런 의미가 담겨 있으리라는 생각은 하지 못했다. 그 뜻을 알고 났을 때는 그 이름이 내게서 이미 멀어지고 난 후였다. 설리라는 이름은 초등학교 졸업과 함께 잊혔다. 중학생이 되면서 나는 고향을 떠났고, 어머니도 살던 집과 전답을 정리하고 그 마을을 떠난 덕분이다. 새로 옮긴 마을에서도 꽤 오랫동안 정희로 통했고, 친척과 엄마도 늘 그 이름을 불렀다. 그러나 설리라는 서러운 이름이 영영 사라진 것은 다행이었다. 고향에 대한 기억까지 잊히는 아쉬움도 있었지만.

이름을 바꾸고 싶었던 적이 있었다. '옥련'이라는 이름에서 느껴지는 고전적인 이미지가 싫었다. 그런데 한글로 모든 문서를 적게 되면서 두음법칙에 의해 '련(蓮)'을 '연'으로 표기한 것이다. 나는 굳이 따지지 않았다. 자연스럽게 바뀐 이름이 좋았다. 그나마 한결 부드러워지기도 했고, 자연스러운 것이 조금은 여유를 누려도 되는 이름이라 여겨졌다. 다소 밋밋한 느낌이기도 하지만 정답다. 모나거나 경솔하지도 않고 무난한 이름이라며 애써 의미를 풀어놓으니 더 좋다.

정희, 설리, 옥련, 옥연. 찻잔을 마주하고 앉아 불러본다. 안쓰러웠던 이름들이 대부분이다. 그 이름들에게 한 잔의 온기와 향기를 건넨다.

다시 솟대가 되어

길을 나섰다. 어둠 속에 갇혀 있던 집들이 하나둘씩 불을 밝히고 있다. 당일에 소화할 여정으로는 하루해가 짧다. 서둘러 역으로 갔다. 먼저 도착한 일행들이 모여 있었다. 오랜만의 외출이라 조금은 설렜다. 기차는 희뿌연 새벽 시간을 가르며 플랫폼을 천천히 빠져나간다. 들판을 지나 밤새 내린 눈이 만든 설경 사이로 미끄러지듯 순행한다. 운무 가득한 산세는 그대로 산수화다. 바람 들기 좋은 까치둥지가 앙상한 우듬지에 은빛 등으로 얹혀 있다.

기차에 관한 추억이 그다지 많지 않다. 그렇지만 타는 순간 많은 추억을 공유한 동무처럼 반갑다. 오랜만에 타는 기차는 번잡한 일상을 벗어날 수 있는 탈출구로도 손색이 없다. 터널을 통과할 때마다 새로운 추억이 된 기차여행이 새록새록 떠올랐다. 얼마 전 모스크바에서 상트페테르부르크로 가던 밤기차에 대한 기억이다. 밤기차의 이름은 '붉은 화살'이었다. 같은 취미를 가진 일행들과 밤을 밝히며 평생 잊지 못할 추억을 만들었던 여행이었다.

여행은 사람과 사람 사이를 좀 더 가깝게 한다. 역의 운치는 고속터미널의 그것과는 사뭇 다르다. 간간이 스쳐가는 간이역에는 일찍부터 어디론가 떠날 기차를 기다리는 사람들의 표정이 다양하다. 자연스럽게 곽재구 시인의 시 「사평역에서」가 떠올랐다. 난로에 톱밥을 던져 넣으며 오지 않는 기차를 기다리는 사평역 사람들. 기억은 하나둘 불꽃으로 사라지고 만다. 우리는 모두 막연한 기다림 하나쯤은 가지고 있지 않을까. 늦게 오는 봄처럼 기다림이 간절하면 더욱 화사하게 찾아올 것 같은 붉은 기억, 마음속 깊은 곳에 세워 놓은 기다림이라는 이름을 가진 솟대로 살아난다.

태백이 점점 가까워진다는 것은 굳이 안내방송을 하지 않아도 안다. 창밖 풍경만으로도 충분하다. 기차선로 옆에는 연탄재가 수북이 쌓여 있다. 어느 가정집에서 추운 밤을 태

웠을 살신성인한 화인의 흔적이다. 그루터기만 남은 무논에
는 봇물이 잡혀 있다. 봄의 낌새를 미리 알아차린 나뭇가지
는 성급한 꽃망울을 매달고 있다. 서리를 하얗게 입은 모습
이 안쓰럽다. 꽃망울 속에 숨은 기다림이 움츠러들었으면 어
쩌나 싶어서다.

태백산 지역이 국립공원으로 조성된 지는 그리 오래 되지
않았다. 1900년 무렵부터 우리나라 연탄의 30퍼센트를 차지
할 만큼 큰 탄광촌이었다. 한때는 640만 톤의 석탄을 대량생
산할 정도로 그 규모가 컸다. 1990년 이후 석탄 합리화사업
으로 대부분 광산이 문을 닫았다. 그로 인해 급격한 인구 감
소와 지역 경제 침체를 가져왔다. 1995년 이후 폐광지역 개
발 자원에 특별법까지 제정되어, 고원지대의 이점과 폐탄광
지역 활성화를 위해 관광도시로 거듭나려 했지만 워낙 넓은
범위와 경제적 어려움으로 지금도 풀지 못한 숙제를 안고
있는 것 같은 느낌이다.

석탄은 한때 우리나라의 주요 에너지 자원이었다. 1970년
과 80년대는 대부분의 가정에 난방과 취사용으로 연탄을 사
용했다. 지금도 새까만 19공탄을 잊을 수가 없다. 집을 떠나
혼자 자취 생활을 하면서 시작된 연탄과의 인연은 오래도록

이어졌다. 창고에 연탄을 가득 채워 넣고 나면 겨울 날 걱정은 잊고 살아도 된다. 그때는 심심찮게 들려오던 연탄 가스 사고가 있었다. 가난한 일가족이 방 하나에서 잠들었다 모두 세상을 떠난 소식은 누구든 겨울이면 한 번쯤 들었음직하다. 나도 자취 생활을 하면서 연탄가스를 마시고 위험했던 아찔한 기억이 아직 남아 있다.

대체에너지 사용이 늘어나면서 연탄의 수요가 줄어들었다. 빛나던 석탄 산업의 변천사는 이제 역사박물관 안에서 존재한다. 열악한 환경이지만 전국에서 모여들었던 탄광산업 역군들로 한때 불야성을 이루었던 태백. 그 탄광이 이제는 지하 1,000미터까지 내려가는 승강기로 오르내린다. 그때의 생활상을 보여주는 체험 학습장으로 활용하며 관광객을 불러들이고 있는 것이다.

두 번째 방문이다. 오래전 지인들과 왔던 때와 달라진 것이 없다. 영화를 잃은 것은 사람뿐이 아닌 듯하다. 천제단 오르는 길 인근의 적송은 무리지어 있음에도 쓸쓸한 모습이다. 광산의 좌표처럼 사이사이 빈 집만 지키고 서 있다. 철없던 동심으로 돌아가서 비료포대로 길에서 썰매를 타던 기억, 깔깔대던 웃음도 그 풍경 틈에 남아 있다. 폐광의 아픔을 문화 생활 육성으로 복원하려는 탄광촌은 아직도 갈 길이 요원해 보인다. 오히려 교통도 더 불편하고 시간이 많이 소요되는 것 같다.

한때 생을 담보로 생산에만 힘썼던 이들. 삶의 지표가 지하로 향했던 그들은 이제 없다. 지상에서의 삶의 질적 수준을 높이려는 욕구보다, 오로지 생계를 위해 검은 먼지를 뒤집어썼던 그들의 여정도 박제된 역사로 남았다. 그 기억들만 태백의 곳곳에 남아 있을 뿐이다. "구름 먹고 안개 뿜는 하늘 아래 첫 동네"라는 신문의 헤드라인이 선명하다. 특별히 거름을 주지 않아도 한데 어우러져 무리를 이루는 돌나물처럼 태백의 탄광촌에서 살았던 사람들의 흔적이다. 그 기억 속에 겹쳐지는 그리운 사람도 벽화인 양 그곳에 남겨두었다.

태백의 '구문소'에 들러 사진 한 컷을 촬영하고 분천 산타 마을로 떠났다. 시골의 작은 역들이 사라지고 있는 지금 산타마을의 분천역은 아직도 간간이 기차가 정차한다. 간이역 역할을 충분히 하는 셈이다. 대형 트리를 중심으로 포토존이 있고 간이 썰매장과 장터까지 완비하고 있어 관광지로도 각광받고 있다. 어둠이 마을을 잠식하는 사이 대형 트리는 점점 더 빛을 낸다.

지하 갱도에서 날아온 석탄을 얼굴에다 새까맣게 바르고 하얀 이를 드러내며 환하게 웃음을 머금은 아이들은, 밤낮이 구분되지 않는 지하 갱도에서 생을 담보로 석탄을 캐는 아버지를 기다렸을 것이다. 이제 성인이 되어 그 추억을 품고 사는 사람들의 안부가 궁금하다. 다시 봄이 오면 탄광에서 돌아오는 아버지를 기다리던 그 아이들의 아이들이 와서 뛰어노는 태백의 그림을 그려 본다.

나의 이번 문학기행은 오래전 지인과 함께 했던 기억 때문이기도 했다. 하얀 태백의 설원에 펼쳐질 눈꽃의 경이로움을 선택했던 기행. 몇 명 안 되는 동인이었던 우리는 태백여행을 끝내고 오래지 않아 두 동인을 차례로 떠나보냈다. 태백으로 가까이 갈수록 그들과 함께했던 시간들이 슬며시 다가왔다 사라지기를 반복했다.

아직 오지 않은 날을 위해 몽우리를 밀어 올리는 나무처럼, 기약 없을지라도 또 언젠가 이곳에 오게 될 것을 믿어본다. 무언가를 기다리는 솟대가 되어, 떠나간 것들과 멀지도 가깝지도 않은 거리에서 기억을 더듬으며 솟대로 서 있으리라.

골든타임

    한동안 길거리에는 현수막 퍼레이드가 펼쳐졌다. 대선, 총선, 지방선거, 기타 보궐선거를 알리는 현수막들. 일정한 간격으로 치러진 세 번의 선거는 찬란할 만큼 형형색색의 현수막으로 가히 퍼레이드를 펼친 듯했다.

    짧은 선거 기간에 이중삼중으로 걸려 있는 현수막과 벽보를 보면서 골든타임을 떠올린 건 왜일까? 골든타임은, 방송계에서는 시청률이 가장 치솟는 시간대를 의미하고, 의학용어로는 환자의 생사를 결정 지을 수 있는 최소한의 시간을 의미한다. 선거 홍보기간이 방송용어나 의학용어와 크게 연관성을 갖는 건 아니다. 그러나 대중의 관심을 단기간 내에 집중적으로 받아야 하는 것에서 오는 느낌 때문일 것이다.

후보들은 저마다의 방법으로 자신들을 홍보하고 있었다. 짧은 선거 기간 동안 입후보자는 자신을 최대한 알려야 한다. 겸손하면서도 빛나는, 당당하고 굳센, 근엄한, 자애로운……. 갖가지 표정을 지은 얼굴이 펼럭였다. 공약을 내세운 글귀 옆에서 엄지손가락을 치켜세우고는 공약을 이미 다 해결한 것 같은 표정도 있다. 그럼에도 현수막에 적힌 공약이 과연 지킬 수 있는 약속인지 의문이다. 여러 번의 선거를 통해서 보았던 많은 후보자들이 솔직하지 못했고, 약속은 허다한 공수표로 날리기 일쑤였다.

유권자들의 후보자 선택 기간도 같다. 그러기에 후보자들이 내건 공약만 보고 소중한 한 표를 던지기에는 믿음이 가지 않는다. 어떤 일을 할 수 있는 능력을 갖추었는지도 가늠이 쉽지 않다. 무턱대고 생각 없이 만든 것은 아닐 테지만 믿기지 않는 공약들이 대부분인 까닭이다. 일단 붙고 보자는 생각들로 똘똘 뭉친 공약이 곳곳에 눈에 띈다. 자신이 내걸었던 공약 실천을 위해 무리하게 사업을 진행하려고 국민의 혈세를 물 쓰듯 하다가 실패해도 반성보다 변명 일색인 경우는 또 얼마나 많았던가. 초심을 지키는 정치인들을 기대조차 할 수 없는 실정이라, 짧은 선거기간은 유권자들에게도 골든타임일 수밖에 없다. 그 골든타임을 어떻게 활용하는가에 따라 기사회생의 단초가 되기도 하고, 실패로 인한 쓴 잔을 들이켜게 되기도 한다. 그럼에도 제대로 검증조차 하지도 못하고 소중한 표를 행사해야 하는 현실이 답답하다. 골든타임을 놓친 유권자들은 투표장으로 가는 발걸음이 무거울 수밖에 없다.

입후보자들에겐 짧은 시간에 되도록 많은 것을 보여주기 위한 홍보기간이 골든타임이다. 그들만의 필살기로 유권자들의 마음을 얻어야 한다. 그동안의 내공으로 불특정 다수에게 자신의 장점만 알려야 하는 것은 입후보자들의 능력이다. 그런 수단들이 현수막과 홍보차량, TV 토론이다. 대중가요나 동요를 개사한 홍보노래 선택에서부터 경쟁이 치열하다. 어떻게든 자신의 이름을 알리기에 가장 좋은 것이 홍보곡이니만큼 유권자들에게 각인시키기 위해 최선의 선택을 해야 하는 것이다. 방법 면에서 특이한 홍보도 필요하다. 워낙 시끄럽다 보니 1인 홍보가 감동을 줄 때도 있다. 매일 같은 시간대에 차량이 다니는 대로변에 서서 1인 시위라도 하는 것처럼 자신의 기호와 이름을 내건 어깨띠를 두른 채 꾸벅 인사를 하는 후보에게서 성실성을 느끼는 경우다. 당선되는 예는 거의 없지만 뜻밖의 선전을 하는 걸 보면 골든타임의 활용법을 알고 있음이 분명하다.

이러한 골든타임 활용법이 아닌 이상 유권자들의 표심을 사는 경우는 드물다. 반복되는 소음으로 조용한 주택가나 상가에서는 스트레스를 받는 사람들이 많다. 음악을 크게 틀고 다니는 홍보트럭은 짜증을 유발시키기도 한다. 차량이 지나갈 때까지 아무것도 하지 못하고 기다려야 할 때는 귀를 막기까지 한다. 듣고 판단하기보다 듣지 않고 판단하는 쪽을 택하게 된다. 아무리 공약이 많아도 믿음이 가지 않고, 아무리 색다른 방법으로 자신을 드러내고 표현하더라도 관심이 가지 않는다. 이러나저러나 짧은 기간에 꼼꼼히 보고 잘 뽑기란 어렵다는 생각의 두꺼운 벽만 만날 뿐이다. 듣지 않고 보지 않으려고 외면하는 일이 문득 유권자로서 골든타임을 방치한 건 아닌가, 돌이켜봐지기도 한다.

선거를 위한 홍보기간은 과연 누구를 위한 골든타임인가? 각종 홍보전을 보면서 가진 의문이다. '우리는 여러분들의 세금을 한 구덩이에 몰아넣기 위해 퍼레이드를 펼치는 중입니다.' 갖가지 홍보문구들을 보면서 문득 생각난 글이 머릿

속에 내걸렸다. 과연 나만 느끼는 감정일까? 생명을 지키기 위한 골든타임도 있고, 골을 넣을 수 있는 골든타임, 일을 정확하게 처리할 수 있는 시간의 수많은 골든타임이 있지만, 지방 선거는 돈을 낭비하기 위한 골든타임이 아닌가 하는 생각이 짙다. 두어 번으로 줄여도 될 선거제를 수차례 치르는 걸 보자니 더욱이 그러하다.

선거가 끝났다. 언제 그랬냐 싶게 거리가 깨끗해졌다. 중구난방으로 걸려 있던 현수막도 보이지 않는다. 반듯한 후보자를 찍기 위해 가동되었던 유권자로서의 내 골든타임도 지났다. 지난 2주 가량이 거짓말 같다. 골든타임을 지키기 위해 펼쳐졌던 현수막 퍼레이드도 끝나고 시도 때도 없이 날아들던 선거용 문자 메시지도 조용하다. 참 희한하다. 그럼에도 남는 새로운 의문, 내 생의 골든타임은 언제인가.

비탈에 묻은 기억

　가파른 등성이를 조심조심 더듬는다. 어머니를 따라 나선 길이다. 어머니는 지나온 길을 자꾸만 되돌아본다. 수없이 다니던 길인데도 걸음이 더디다. 세월 이기는 장사 없다는 말을 생각하며 어머니를 기다린다. 날듯이 산길을 오르내리던 어머니를 생각하니 세월이 참 무심하다는 생각에 이른다. 바람이 무심히 지난다. 산등성이에 우물이 있던 자리가 보인다. 방치된 지 오래된 우물이다. 물이나 있을까 여기며 발을 옮긴다.

　서포 김만중의 초옥 밑에는 오래된 빨래터와 우물이 있다. 여인들이 삼삼오오 모여서 웃고 떠들던 곳이다. 더러는 누군가를 험담하다가 머리채를 잡고 싸우는 일도 있었던 곳이다. 섬에도 그렇듯 활기가 넘치던 때가 있었다. 집집마다 식구들이 많기도 했다. 겨우 자란 시누대를 타고 오르는 오이처럼 올망졸망 아이들도 많았다. 그 많은 식구들의 때 묻은 옷가지들이 가득 담긴 대야를 손으로 잡지도 않고 이고 나서던 여인들. 어머니도 그 중의 한 명이었다. 빨래를 하고 나면 빨래 통은 다시 머리에 이고 물을 가득 채운 양동이를 들고 마을로 돌아오곤 했다.

젊은 사람들은 일자리를 찾아 하나둘 도회지로 떠났다. 조금 늦게 분 바람이지만 산업화의 바람은 섬에도 불었다. 젊은 자식들이 떠난 뒤에도 섬사람들은 다랑논과 비탈진 산밭 일구기를 멈추지 않았다. 물도 부족했고 나무도 없는 땅은 늘 메말랐다. 그런 산에 밭둑을 만들고 경계 삼아 나무를 심었다. 성글었던 산에 초록과 단풍이 계절을 거듭하면서 늘어났다. 물도 많아져서 섬에서도 물 걱정이 사라졌다. 반면에 과거의 초록과 단풍이 성긴 산처럼 마을이 성글어졌다. 마을 우물에 모여드는 사람들도 줄었다. 섬에 남은 사람들은 거의가 나이든 사람들이다 보니 마을과 떨어진 빨래터 이용이 쉽지 않은 이유도 있다.

빨래터와 우물이 있던 자리는 숲이 되었다. 주변에 우거진 억새와 잡풀을 헤쳐 보았다. 우물 옆으로 만들었던 콘크리트 경계와 빨래를 하던 큰 돌들이 나타났다. 우물을 들여다보았다. 신기하게도 물이 가득했다. 물 위에 떠 있는 잡풀들을 걷어내자 물은 아주 차고 맑았다. 뒤따라 온 어머니가 등목을 하자고 한다. 나는 뜨악한 눈으로 어머니를 바라보았다. 예전에는 여인들끼리 등목도 했던 곳이지만 내키지 않았다. 어머니가 들고 있던 비닐봉지로 물을 떠서 발에 부었다. 그러더니 등을 내밀고 엎드렸다. 마지못해 입은 옷 위로 물을 끼얹었다. 물이 차서 깜짝 놀라며 소스라치는 어머니의 목소리가 물소리처럼 맑았다. 물을 뒤집어쓴 어머니가 놀라서 일어서는 바람에 나도 젖었다. 속옷까지 젖었지만 희한하게도 마음은 보송거렸다. 큰소리로 웃는 팔순 넘긴 노모도, 일상에 쫓겨 골골대는 중년의 딸도 거기엔 없었다. 주름이 깊은 소녀와 잔주름이 늘어가는 소녀가 있을 뿐이었다.

급기야 옷을 벗었다. 마구 깔깔대면서 어머니의 등에 물을 퍼부었다. 비닐봉지에 떠낸 물은 바가지처럼 가만가만 끼얹을 수가 없었다. 물이 쏟아질 때마다 화들짝 놀라면서도 어머니는 환하게 웃었다. 물 한 봉지마다 피어나는 꽃을 보는 듯했다. 어머니도 나도 어머니의 그런 웃음은 그 비탈에 묻고 산 것 같다. 보는 이 아무도 없는 곳에서 가슴을 드러낸 채 주거니 받거니 물을 뒤집어 쓴 것으로 비탈에 묻은 기억을 찾아낸 기분이다.

어머니는 등목을 즐겼다. 행상으로 땀을 많이 흘렸으니 당연한 일이다. 행상을 했지만 젊은 여인이었던 시절이었다. 당시에는 요즘처럼 샤워시설이 갖춰진 집은커녕 공중목욕탕도 없었다. 더위나 식히려는 간이 목욕인 등목으로 하루의 피로를 씻을 수밖에 없었다. 어둠이 깊어지면 샘가에 나가 등목을 할 때면 나를 데리고 갔다. 산밭을 개간하는 날은 내가 나가지 않아도 되었다. 다른 여인들과 시간대가 맞으니 서로서로 물을 끼얹어주는 식이었다. 행상을 다녀온 날은 어머니 혼자였다. 그런 날이 나는 싫었다. 귀찮아서가 아니었다. 밤길이 무서워서도 아니었다. 어머니만 등목을 하면 될 것을 꼭 나까지 시키는 것이 싫었다. 누가 볼까봐 염려도 되었지만 땀이 다 식은 밤중에 뒤집어쓰는 찬물에 소스라치기 일쑤였던 까닭이다.

등목을 끝내고 젖은 옷을 다시 입었다. 서늘한 기운이 싫지 않았다. 어렸을 때는 그리도 싫었던 찬물의 기운이 살갑게 닿았다. 어머니와 너럭바위에 나란히 앉았다. 바다 건너 천왕산에 멎은 어머니의 눈길이 움직이지 않는다. 어머니는 잔털이 보송한 어린 나이에 유배처럼 시집을 왔다. 매섭고 질긴 시집살이는 고행이었다. 아이를 둘러업고 행상을 다녀야 했다. 젊음을 고스란히 길 위에서 보냈다. 바라다보이는 육지에는 어머니가 젊음을 고스란히 바친 고된 흔적들이 새겨져 있다. 그 모진 기억 속에는 막내인 나의 어린 시절도 있다. 공부를 제대로 했으면 수레에 담아도 부족할 만큼의 책을 만들고도 남았을 거라는 어머니의 세월을 조금은 안다. 글을 쓴다면서도 어머니의 그런 삶을 토막으로밖에 풀지 못하는 것이 미안하다.

노도는 이름만으로도 외로운 섬이 된다. 무명 돛을 매달고 망망대해로 노만 저어서 끝까지 가야 할 것 같은 그 섬이 노도다. 어머니는 다시 섬이 되기 위해 이곳으로 왔다. 말년의 남은 생이 섬이 되어 바다에서 출렁거린다. 굳은살 박인 어머니의 손에 슬며시 내 손을 포갠다. 눈길을 내려 바다를 응시하던 어머니의 손끝에도 하얀 포말이 일고 있으리라. 심장에도 저 시퍼런 파도가 가서 닿지 않았을까. 노도에는 적막이라는 말에도 간이 배어 있다. 바람에도 공기에도 사람의

발소리에도 그리움과 외로움으로 간간하게 간 밴 섬. 소금
묻은 생각들이 고요를 떨치고 바다 속으로 흘러가고 있다.
가끔씩 안부를 묻는 자식들을 오매불망 기다리며 속속들이
섬이 되어 갈 것이다.

울타리 치는 이웃

주말 오후에는 밭으로 간다. 밭농사를 짓는다고 말은 하지만 전문 농사꾼은 아니다. 종류별로 과일나무를 심은 것으로 심심풀이 농사꾼이라고 말하는 것이다. 농사꾼이라고 말은 하지만, 감자나 오이 등 제철 채소를 유기농으로 길러 먹는 정도다.

살고 있는 아파트에 붙은 밭은 아니다. 그저 집에서 멀지 않으니 텃밭이라 부른다. 정겨움이 느껴지는 이름인 까닭이다. 덤으로 공기까지 좋으니 그 또한 주말마다 누리는 혜택이다. 여가생활을 따로 즐기기보다 그곳에서 주말을 보내는 큰 이유다. 밭에서 하는 일이라고는 돌아서면 자라는 풀 뽑는 것이 대부분이다. 풀이 가장 무성한 건 여름이다. 땀을 흘리며 풀을 뽑는 일조차도 행복이다.

텃밭에 가는 일이 마냥 행복감만 주는 건 아니란 걸 깨달았다. 물론 흙이나 나무나 공기 같은 자연은 한결같다. 그런 것들이 주는 혜택 누리기에 부담을 주는 것은 이웃이다. 밭에서든 집에서든 이웃의 중요함이 얼마나 큰지 새삼 알고 나니 이웃사촌이란 말도 무색해진다. 대체로 두루뭉술한 성격이라 나는 이웃들과 잘 지내는 편이다. 마음을 할퀼 일은커녕 터놓고 허물없이 지내는 이웃들이 대부분이다. 그랬기에 텃밭을 장만할 때도 이웃과의 마찰이나 그로 인한 불쾌한 감정에 대한 건 생각조차 하지 않았다. 사람은 다 비슷비슷하다는 나의 생각을 여지없이 무너뜨리는 사람이 이웃일 거라는 것은 짐작도 못한 일이다.

처음 밭을 마련할 때는 이웃이 있어서 좋다는 생각을 했다. 잘 손질된 옆 밭을 보면서 가진 생각이다. 언제든 사람이 보이면 밭에서 기른 채소들을 반찬으로 만들어 밥도 같이 먹으리라. 볕 좋은 날 차 한 잔 앞에 놓고 이런저런 이야기도 나누면 심심하지도 않을 것 같았다. 농사일에 대한 정보도 얻을 수 있을 거라 생각하니 누군지 빨리 만나고 싶었다. 깨

　　　　　　　　4부 수런거리는 억새밭

알만 하던 내 꿈은 조금씩 상처로 해지기 시작했다. 옆 밭주인은 만난 날부터 부담스러웠다. 나이가 들면 심성이 더 고약해지는 것인가.

심술도 여전했다. 당치않은 이유로 우리가 가는 길을 막기 시작했다. 차가 다니지만 좁은 길에 물건들을 줄줄이 내놓기도 했다. 자기네 밭에 떨어진 비닐봉지라도 보이면 들고 쫓아왔다. 우리 아니면 이런 거 버릴 사람이 없다며 언성을 높이고 시비를 걸곤 했다. 아니라고 해도, 치울 테니 달라고 해도 구시렁대기 일쑤였다.

이미 상처로 너덜너덜해진 꿈은 얼마 지나지 않아 가루가 되어 흔적도 없이 사라졌다. 길을 보수하면서부터였다. 태풍에 길이 파손되었다. 뒷집 밭주인과 의논을 한 뒤였다. 보수공사 경비로 일천만 원이 넘는 돈이 들어갔다. 그러나 같이 길을 쓰면서도 노인은 단돈 천원도 보태지 않았다. 뒷밭의 주인은 경우 있으며 성격이 노긋노긋한 이웃이라 마음이 잘 통했다. 울타리 너머로 정다운 이야기와 웃음보따리들이 넘나들었다. 채소 가꾸기에 필요한 정보와 농약을 치지 않고 벌레를 퇴치하는 정보도 나누던 끝에 길도 다듬자는 결정까지 하게 된 것이다. 그런데 보수공사를 하리라 여기고 버르던 중이었는지 어김없이 노인이 나타났다. 길과 언덕을 공으로 보수하고도 고맙다는 말은 한마디도 없었다. 급기야 입을 다물기로 했다. 가까스로 길이 보수되었지만, 이기적인 노인을 보는 날은 애써 아닌 척해도 나도 모르게 마음이 불쾌해진다.

며칠 전에는 황당한 일이 또 생겼다. 노인이 울타리를 친 것이다. 황당한 것은 우리 밭을 침범해서 울타리를 쳤다. 노인이 친 울타리 안에는 우리가 심어둔 석류나무와 꽃나무까지 들어갔다. 자기네 땅보다 경계를 넓혀 울타리를 쳤기 때문이다. 일언반구도 없이 울타리를 치고는 감감무소식이었다. 울타리 때문에 길은 더 좁아지고 차가 다니기도 불편해졌다. 길까지 침범해서 울타리를 치고 나니 길을 잘못 든 낯선 차가 결국 울타리 기둥을 들이박고 말았다. 나무를 심어둔 남의 땅을 제 땅인 양 울타리를 치고도 모르쇠로 일관하고 있는 노인을 상대하자니 난감한 일이었다. 울타리 안으로 편입시킨다고 해서 우리 땅이 그의 소유가 될 수는 없다. 워낙 고약한 성격이라 말이 통하지 않으니 말을 섞고 싶은 생각도 없다. 그냥 두기로 했다. 이미 측량을 하여 경계는 나눠져 있으니 괘념치 않는다.

울타리는 내 영역을 표시하고 안정감을 준다는 의미에서 필요하다. 특히 시골 텃밭에서 울타리를 치는 것은 야생동물로부터 농작물이나 사람을 보호하려는 목적이 있다. 그러나 이러한 목적과는 전혀 관계가 없는데도 무리하게 울타리를 만든 것은 단순한 심술 이상의 이유가 있을 수 없다. 통행에 불편을 주는 경우는 타인에 대한, 특히 이웃에 대한 배려가 없는 욕심이다. 자연환경에서 소소한 즐거움을 누리며 휴식하려고 마련한 밭인데, 노인의 노욕을 보는 것 같아 씁쓸하다.

경계를 넘은 울타리를 그냥 두는 것은 마음 내려놓기의 시작이다. 자연 속에서 무공해 건강식 채소를 키워 먹자고 했던 초심만 남기기로 했다. 노인이 친 울타리 안으로 들어간 나무 두 그루도 보는 것으로 만족하기로 했다. 그 나무에 핀 꽃향기에 노인의 마음이 조금씩 녹기만을 바랄 뿐이다. 나무와 꽃을 보시했다 여기기로 했다. 노인이 쳐 놓은 울타리 안의 꽃들과 눈이 마주쳤다. 노인의 마음속 울타리에도 잎이 돋고 꽃이 필 것 같은 예감이다.

따개비의 삶

    통영 바다는 잔잔하다. 겨울바다에서는 좀처럼 보기 드문 일이다. 그러나 바다의 마음은 알 수 없다. 언제 바람을 끌고 와서 성난 얼굴로 바뀔지 아무도 모른다. 바다가 좋으면서도 두려운 이유다. 사람들은 추운 날씨인데도 바닷가에서 북새통을 이루고 있다. 바다의 무서움을 모르는 뭍사람들에게 겨울바다는 새로운 낭만일 수도 있다.

    동피랑으로 오르는 집들은 지붕이 낮다. 흡사 바위에 붙어서 사는 따개비 같다. 바닥에 끈끈이를 붙여 언덕을 붙잡고 있는 듯하다. 시도 때도 없이 때리는 강한 파도에도 따개비는 견딘다. 살아남기 위해 가장 낮게 구부린 자세다. 바위에 몸을 찰싹 붙여 살아가는 따개비의 삶의 방식이다. 따닥따닥 붙은 지붕 사이로 작은 안내판이 보인다. 빼떼기죽을 판다는 문구가 적혀 있다. 바람을 맞는 안내판이 파도에 떠밀리는 해초처럼 흔들린다. 북적이는 사람들 사이에서 보이는 집들이 안쓰럽다. 오래된 기억을 잊지 않고 삶의 터전을 잃지 않으려는 따개비의 안간힘 같다.

　유독 통영의 언덕배기에 애정이 간다. 내 고향의 작은 섬과 닮았기 때문이다. 통영과 노도는 참 많이 닮았다. 내륙과는 달리 넓은 바다를 끼고 있는 것이 그렇다. 바다에서 생업을 해결하는 사람들은 그 바다를 통해 생과 사를 넘나든다. 바다에서 돌아오고, 바다로 떠나기를 반복하지만 영영 돌아오지 못하는 경우도 드물지 않다. 새벽부터 식은 빼떼기죽 한 그릇으로 요기를 하고 바다로 나가는 어부들. 그들은 날마다 파도타기를 한다. 출렁이는 작은 배 하나에 생을 걸고 하는 파도타기다. 그래야 살아갈 수 있는 이들에게 파도타기를 레저로 즐기는 사람들이 이질적인 것은 당연하다. 생의 반쯤을 뭍에 걸쳐 둔 사람은 바다에서 살아갈 자격이 없다. 생을 온통 바다에 걸어놓고 사는 사람은 눈빛도 남다르다. 예리하면서도 순하다.

바닷가의 집들은 지붕이 유독 낮다. 둥실하니 처마가 높은 뭍의 집들과는 다르다. 바다에서 불어오는 매서운 갯바람을 막기 위해서다. 거센 파도에 웅크려야 하는 따개비와 닮았다. 그런 집에 사는 사람들의 삶도 마찬가지다. 드세다는 말에 익숙하지만 건네는 말은 구수하다. 외풍에 주눅들기보다 앙버팀에 익숙하다. 낮은 자세로 살지만 비굴하지 않다. 웬만한 험구에도 대체로 묵묵하다. 바닷가에서 살아가는 방법을 아는 사람들이 그런 집에 산다.

노도의 길목들도 통영의 동피랑만큼 가파르다. 섬 하나에 의지해서 바다에 적을 두었던 곳. 내 부모님이 그랬고, 부모님의 부모님도 그랬던, 섬에서는 성수기와 비수기가 따로 없다. 물때가 되면 바다로 가야 했고, 바다에서 돌아오면 척박한 밭으로 간다. 좁고 굽은 오솔길로 무거운 짐에 고달픔까지 그 무게를 스스로 이고 지고 다녀야 한다. 비탈진 섬에서 살아남기 위해서는 허리를 꼿꼿이 세우는 것조차 게으름이다. 최대한 허리를 굽히고 낮은 자세로 언덕을 붙잡고 살아야 한다. 그래야 별일 없이 따개비처럼 묵묵할 수 있다.

따개비는 완전히 바닷물에 잠겨서 사는 것도 아니다. 그렇다고 파도가 미치지 못하여 메말라 있는 바위에서도 살지 못한다. 늘 파도가 철썩이는 바위에 붙어 산다. 손으로 바위에 붙은 따개비를 떼어내기는 쉽지 않다. 떼어내려고 섣불리 건드렸다가는 손톱이 부러지기도 한다. 조금만 건드리면 바위나 돌에 더 밀착시켜서 빈틈을 주지 않는다. 물이 빠져 나간 썰물 시간에 오래도록 물 밖에 놓여 있을 때도 마찬가지다. 다시 만조가 되면 물속에 잠긴다. 그러는 사이 악착같이 사는 법을 익히는 것이다.

섬은 사람도 그렇게 만든다. 살아남기 위해 언덕을 올라야 하고, 척박한 땅에 팥, 고구마, 깨 등 곡식을 심어서 가족의 생계를 꾸려야 한다. 바다에는 인간이 정한 규칙이나 질서가 없다. 풍랑을 예측할 수 없으니 무섭고 두려운 곳이다. 그런 곳을 안마당처럼 여기며 살아야 하는 것이 섬사람들이다. 두려움이나 공포감을 갖기 전부터 바다에 뛰어드는 법을 먼저 배운다. 먹고 살기 위해서 저절로 물에 뜨는 법을 익히고, 잠수법을 터득한다. 겁 모르고 뛰어들던 바다가 두려움과 공포의 대상이 되는 것은 바다를 통해 떠나간 것들과, 바다에서 잃어버린 것들이 생기면서부터다.

어머니는 날마다 바다에서 먹을거리를 장만해 왔다. 당신을 생각하면 머리에 인 커다란 함지박이 함께 떠오른다. 낮은 처마 밑에 짐을 부린 어머니는 바다 것들에 눌린 허리 펴기를 오래도록 해야 한다. 어떤 날은 거뭇한 어둠이 낮은 담장으로 얼굴을 들이밀 때라야 몸을 일으키기도 했다. 바다에서 많은 것을 얻어온 날은 더하다.

바다는 늘 섬 속의 집에 머물고 출렁인다. 아니 섬사람들에게는 뼛속까지 밀물로 왔다가 썰물로 나간다. 따개비가 물속에서 살아가는 것처럼 집 구석구석 어디를 가도 갯내가 나지 않는 곳은 없다. 속성까지 바다 사람인 이들에게는 비릿한 바다 냄새가 나지 않으면 사기다. 뭍사람들에게는 아카시아 향이기도 하고, 두엄냄새와도 같은 그런 냄새 그런 사람.

동피랑 언덕에서 먼 바다를 바라본다. 찬바람이 옷깃을 파고든다. 잔잔하던 바다에서 파도가 다가온다. 파도가 높아질수록 바다를 바라보는 사람들의 눈이 순해진다. 바다에 맞서는 것이 아니라 어르고 달래는 눈빛이다. 높은 파도가 일면 조급증 나던 마음도 내려놓는다. 결코 서두를 일이 없어지는 것이다. 성난 파도가 가라앉을 때까지 지붕이 낮은 집에서 묵묵히 기다리면 되기 때문이다.

따개비는 갯바위만이 삶의 터전인 줄 안다. 섬사람들도 그와 다르지 않다. 섬 안을 여백처럼 고른 땅에서 겨우 흙에 기대며, 바다가 터전이다. 고달픔도 견디고 두려움도 이기는 곳이다. 벗어나면 편하게 살 것 같은 마음은 피상적이다. 삶은 단순하다. 어지러이 흩어진 어구들이 오히려 삶을 단순하게 하는 도구들이다. 그날그날 바다가 주는 것들에 욕심 내지 않는 삶이 따개비와 많이 닮았다.

통영을 떠나 삶터로 돌아가면 또 성난 파도 같은 일상을 견뎌야 할 날도 많다. 하지만 안다. 낮은 자세로 움츠리는 법쯤은. 아스팔트의 단단하고 독한 땅에서도 따개비처럼 견디는 법을. 동피랑 언덕배기의 낮은 지붕들 위로 파도 같은 바람이 몰려온다. 그렇더라도 웬만해서는 저 단단한 지붕 밑의 질서를 흐트러뜨리지는 못할 것이다. 도시의 따개비가 된 나를 세파의 바람이 쓰러뜨리지 못하듯이.

태화강 하류에서

바쁜 일상 속에서도 가끔 강을 바라볼 때가 있다. 오늘처럼 아침이 밝아오기 전의 강을 바라보게 될 때는 여간 부지런을 떨지 않으면 안 된다. 지난밤에 어둠과 함께 일어났던 것들을 밀어낸 물은 고요하다. 밤과 낮, 강과 둑, 새로운 것의 경계에서 새벽 강은 평화롭다. 잔바람도 파르스름한 여명을 흩뜨리지 않는다. 폭우 뒤의 모습은 때로 포효하는 바다의 모습일 때도 있다. 그렇지만 대개는 잔잔한 호수 같은 강물. 강변이 계절마다 풍경을 달리하는 태화강 하류의 면면을 대하는 일은 도심에서 누리는 호사가 아닐 수 없다.

나는 태화강 하류에 위치한 아파트 단지에 산다. 강물과 바닷물이 만나는 지점이다. 처음 이곳에 둥지를 틀 때는 큰 기대가 없었다. 철거되는 마을에서 달리 갈 만한 곳이 없었다. 주된 생활권에서 벗어나고 싶지 않다는 생각뿐이었다. 그런 생각으로 둘러보던 내 마음을 단번에 사로잡은 것이 태화강이다. 아파트 단지 앞으로 잔잔하게 흐르는 강을 보면서 마냥 행복했다. 그 행복감은 지금까지 나를 이곳에 붙박게 한다. 강이 내려다보이는 베란다에서 차를 마시는 짤막한 여유는 바쁘게 지나가는 시간에 대한 보상으로 충분했다. 아침 일찍 일터로 나가면 밤늦게야 지친 몸으로 돌아왔고 주말은 더욱 바빴다. 가족들도 들고 나는 시간이 각각 달랐다. 나누는 일상의 이야기도 토막말일 때가 많았다. 낮 시간 강이 보이는 창에는 항상 블라인드가 내려져 있었다. 환경이 감성을 메마르게 하는지, 건조한 감성이 환경을 바꾸는 것인지 생각해볼 마음의 여유가 없었다. 무심한 시간이 강물처럼 흘러갔다. 그런 시간을 돌아보게 하는 순간이 새벽 강물을 보는 때다.

정신없이 바쁜 시간들이 지나갔고, 시간적, 경제적으로 조금의 여유가 생겼다. 집을 새로 단장하고 창가에 나무 식탁을 놓았다. 탁자에 앉아 강물과 눈을 맞추며 밥을 먹고 차를 마시고 싶었다. 책을 보다가 종종 강을 눈에 담고 싶었다. 눈앞에 있는데도 누리지 못하고 살아온 지난 시간의 안타까운 마음이 찻잔에 녹아들었다. 식탁을 옮긴 것뿐인데도 가족이 함께 하는 기회가 늘어갔다. 작은 가구 몇 개의 위치 변경으로 많은 것이 달라졌다. 빈곤하던 가족 간의 대화가 풍요로워졌다. 표정들도 따듯해졌다. 오가는 목소리도 밝고 다정해졌다. 단조로운 일상이 재미있어졌다. 작은 변화는 생각보다 많은 선물을 안겼다. 흐르는 강물의 부드러움이 준 선물이다.

강의 하류와 상류는 극명하게 차이가 난다. 일단 강폭의 넓이와 유속이 다르다. 상류의 몇몇 좁은 샛강에서 시작되는 물길은 유속이 빠르다. 그 물이 본류로 흘러들면서 하류는 강폭이 넓어지고 유속이 느려진다. 상류에서 주변의 것들을 훑듯이 흘러내려온 물이 하류에서는 마치 흐르지 않고 머물러 있는 것처럼 보인다. 수면 아래는 부지런히 화합하겠지만.

강물이 늘 조용할 수는 없다. 폭우로 태화강이 범람할 때는 참혹하다. 쏟아진 토사에 떠내려가는 크고 작은 부유물들은 강의 토사물 같다. 상류의 맑고 깨끗한 모습은 아예 존재하지 않았던 것처럼 혼탁하다. 흘러오면서 받아들인 갖가지 부유물들을 마치 처음부터 자신의 것인 듯 수용한다. 강에도 생각이 있다면, 푸른 하늘과 구름과 바람만 담아서 고고하게 흐르고 싶을 것 같다. 맑고 깨끗한 얼굴로 흐르고 싶지 않은 강물이 있겠는가.

높은 가격을 형성하는 지역의 부자들이 사는 곳을 좋은 동네라고 하는 게 보편적 잣대다. 그 잣대대로라면 나는 상류에 살아 본 적이 없다. 일반적으로 돈이 있는 사람들이 문화적인 모임이라고 지칭하는 단체나 스포츠 모임 같은 데도 적을 두지 못한 채 백세시대 절반을 넘어서고 있다. 그러나 문화 예술이나 스포츠가 꼭 넉넉한 경제에서 오는 것이 아니라는 것은 이미 알고 있는 사실이다. 향기로운 문화 예술과 건강한 몸과 마음을 만드는 스포츠는 다양하다. 넉넉한 경제력이 뒷받침 되는 것과 그렇지 않고도 창조와 향유가 가능한 것들이 조화로울 수 있는 깊이를 찾아서 잘 섞이는 것이 당연하다. 굳이 하류와 상류를 구분할 필요가 없는 것이 향기로운 문화 예술과 건강한 몸과 마음을 담보하는 스포츠다. 잘 섞이는 사회가 건강한 사회다. 하류로 흐르는 과정에서 자정과 정화를 거치며 흐르는 물이 그걸 일깨운다.

해가 붉게 물든 강물 위로 물고기들이 높이 뛰어오른다. 그 주위로 물새들이 낙하와 비상을 거듭한다. 내리꽂히듯 수면을 차고 오르는 물새가 보인다. 경이로움이 읽힌다. 밥을 먹거나 차를 마시면서 슬며시 강을 더듬다가 만나는 풍경이다. 강기슭으로 눈을 돌리면 억새밭이다. 가을이 되면 억새를 보기 위해 사람들이 구름처럼 모여드는 곳이다. 가을인데도 한낮의 볕은 제법 도톰한 느낌이다. 은빛을 띤 억새밭이 눈부시게 찬란하다. 보는 눈이 따뜻하게 되자 늦가을 볕이 내 썰렁한 등까지 데우는 듯하다. 사람들이 떠나고 난 강기슭에도 해는 골고루 퍼져서 사위어가는 억새들을 돋보이게 한다. 강물이 잔잔하고 고요한 날은 억새밭에서도 담담한 물길이 느껴진다. 바람이 부는 날은 물결을 닮은 억새도 볕바라기를 하며 등을 눕힌다.

강한 바람에 물결치던 강물이 다시 고요해지는 걸 보면서 마음의 흔들림을 달랜다. 흔들리지 않는 삶이나 자연이 무슨 생동감을 갖게 하랴, 생각해보면 하류에 사는 것이 오히려 상류에서 갖지 못하는 것을 누리는 삶인 것 같다.

오리 떼가 지나가며 강물에 길을 낸다. 쉼 없이 흐르는 강물의 흐름에 몸을 실은 채. 그 아래서 부지런히 움직일 발을 생각한다. 해를 머금은 억새밭이 다시 수런거린다. 강물도 더 푸르고 힘차다.

작은 틈새에서 빛나는 성찰과 응시
최옥연의 수필 세계

권대근(문학평론가·대신대학원대학교 교수)

1. 로그인

최옥연의 수필집 『틈이 생길 때마다』 발간으로 '틈'이 중심적 화두로 떠오를 것 같다. 어쩌면 채우고 매우는 일보다 더 중요한 것이 튼튼한 틈을 갖는 것이 아닐까싶다. 사이는 틈바구니다. 틈바구니는 경계다. 경계에 꽃이 필 수 있도록 경계와 경계 사이를 고민하는 최옥연 같은 사람이 많아야 사람과 사람 사이가 좋아진다. 이런 차원에서 최옥연의 이 수필집은 독자로 하여금 세상과 소통하는 존재 방식에 대해 되짚어 보게 하는 호소력이 짙은 작품들의 집합체라 하겠다.

작가의 시선은 이름도 빛도 없이 따스한 온기를 향기처럼 퍼뜨려 세상을 꽃피우는 사람들을 향하고 있고, 작가가 채취한 언어들은 시골 온돌방처럼 따뜻한 온도가 느껴져서 좋다.

이 수필은 비유, 상징 등이 만들어내는 독특한 문학적 의미와 울림으로 가득하다. 그 힘은 수필 세계는 물론 작가의 사상과 철학을 효율적으로 형상화하는 데 기여한다. 끝없는 인내와 묵묵한 도전의 작가, 최옥연은 이러한 문학적 표현 방식과 매우 친숙하다고 하겠다. 한국의 현대 여성 수필 중에서 이만큼 미적 울림통을 지닌 작품이 흔치 않다. 그것은 구조 시학의 차원에서 한편으로는 모성 원리를 논하면서도, 다른 한편으로는 자기 성찰이라는 수필 본질의 특성을 가져와 이 특성을 변증법적으로 통일시켜 내고 있기 때문이다. 이 논리를 전제로 할 때, 최옥연은 우리 시대가 잃어버린 모성성의 원리와 반성적 성찰이라는 축을 근간으로 해서 수필이라는 따스한 집의 벽돌을 하나하나 정성스레 놓고 있는 사람이라 하겠다.

최옥연은 2002년 『울산문학』 신인상, 2004년 『현대수필』에 「빈집」으로 등단하여, 한국문인협회, 울산문인협회, 한국수필학회 회원으로 활동하고 있다. 에세이문예 작가상, 2012년

『울산문학』 올해의 작품상, 울산문학상을 수상하였고, 2014
년에는 첫 수필집 『노도 가는 길』을 출간하기도 하였다. 그녀
의 삶이 문학과 교육 사이의 균형을 탐색하는 세계를 지향하
고 있다고 한다면, 그녀의 수필은 모성의 향기가 서정이 되어
내면을 촉촉이 적시는 성찰의 세계를 추구하고 있다고 할 수
있겠다. 그녀의 글은 자신이 주인공이 되어 살아낸 이력서의
소중함을, 모성과 어머니에 대한 그리움을 청량한 눈과 마음
으로 그리고 있다는 차원에서 그녀의 틈새 미학은 높게 평가
받아야 할 것이다.

모성과 동행하는 그리움의 힘

그녀의 수필은 사물에 대한 새로운 인식을 통해서 승화된
결과물이다. 그리고 인간을 포함한 사상과의 만남을 통해서
삶의 근원적이고 본질적인 문제를 추구해 나간다. 문학적 기
법을 통해 완성된 문예 미학은 이 수필집이 가지는 고유한
미덕이다. 수필 속에서 작가의식의 깊이와 미적 울림을 입체
적으로 체험할 수 있는 것도 이 때문이다. 마르틴 하이데거

는 본래성의 회복이야말로 철학자의 과제이고 또 인간의 근본적인 지향 목표라고 주장한다. 이처럼 철학적이고 형이상학적인 관점에서의 어머니의 품은 모든 인간이 궁극적으로 돌아가야 할 대상으로서 본향을 지시한다. 최옥연 작가의 인식도 이와 다르지 않다.

  백발이 된 머리카락과 더딘 걸음, 느린 말투로 오래된 시계처럼 다가온 어머니가 내 앞에서 주춤거린다. 태엽을 감아야 하는데 그럴 방법이 없다는 생각이 불현듯 든다. 몸을 마음대로 어쩌지 못하는 당신에 대한 측은지심을 기둥에 매달려 있으면서도 제 역할을 하지 못하는 괘종시계로 이관한 듯하다. 어머니가 멈춰 선 시계와 닮았다는 생각이 든다. 시계추처럼 쉬지 않고 살았던 청춘의 날들. 그 궤도에서 조금도 벗어날 수 없는 반복의 날들이었으니.

  ─「괘종시계」 중에서

「괘종시계」는 시계의 밥을 주며 자식을 생각하는 어머니를 그리는 글이다. 이런 측면에서 최옥연 수필의 한 특성은 한마디로 모정을 향한 진한 그리움의 표백이라 할 수 있다.

주로 자신의 심중에서 여울지는 어머니의 무늬를 그려내는 일에 몰두한다. 그녀의 문학적 그림자 형상을 한마디로 말하자면 '그리움'이다. 작가적 현실 세계가 삶의 기록으로 끝나는 것이 아니라 '삶'이라는 보편성에 의미를 부여하는 방향으로 키를 틀고 있기 때문에 이 작품은 문학적 향기를 발산한다고 볼 수 있다. 이 수필에서 중요한 역할을 하고 있는 것은 '괘종시계'와 '시계추'다. 이런 문학적 장치로부터 수필은 맛을 낸다. 작가는 '괘종시계'로부터 '어머니의 모습'을, '시계추'로부터 '어머니의 삶'을 건져낸다. 시계는 그녀에게 '어머니'를 상상하게 하는 매개체다.

오빠도 나도 더는 멈춰 선 괘종시계를 버리란 말을 하지 않는다. 몸을 움직이지 않는 시간에도 어머니에게는 태엽처럼 감긴 기억이 있다. 멈춰 선 시계에게도 그런 기억을 부여하는지 멍한 시선이 곧잘 괘종시계로 향할 때가 있다. 그럴 때는 무료한 어머니의 눈빛이 조금씩 살아난다. 한 곳에 고정된 시선이 고승의 그것처럼 깊다. 괘종시계를 바라보는 어머니가 앉은 시골집 마루의 풍경이 아름다운 정물화 같다. 그 정물 속으로 뎅그렁뎅그렁 괘종시계의 종소리가 끼어든다. 그 사이로 노을이 기웃이 고개를 들이민다.

-「괘종시계」 중에서

이 수필은 문맥의 곳곳에 놓여 있는 비유로 인해 문학적 형상화가 빛난다. 수필은 감동과 깨달음을 목적으로 하는 글이다. 감동과 깨달음을 주기 위해서는 우선 주제화를 위한 전개 과정이 논리성을 가져야 한다. 최옥연은 '괘종시계'와 '어머니의 삶'을 씨줄 날줄처럼 교차해 가면서 형상화해 가는 전략으로 독자를 사유의 세계로 끌어들이는 데 성공한다. 인용된 결말부에서 보듯, 제재를 묘사한 대목에서 주제의식이 문학적으로 상상된다. "괘종시계를 바라보는 어머니가 앉은 시골집 마루의 풍경이 아름다운 정물화 같다. 그 정물 속으로 뎅그렁뎅그렁 괘종시계의 종소리가 끼어든다. 노을이 기웃이 고개를 들이민다."라고 하면서 작가는 제재와 글감을 상관화시켜 문학적 형상화를 시도한다. 이 수필의 문학적 성취는 그 느낌의 정서적 객관화에서 나온다. 이 지점이 독자를 감동과 깨달음의 길로 달려가게 한다고 하겠다.

새벽 시간에 가장 먼저 우물에서 물을 길어오는 일이

다. 마을 사람 누구도 물을 긷기 전에 하는 일이었다. 비닐에 정성들여 싸두었던 신발을 조용히 꺼내 신고 사뿐사뿐 우물로 가는 걸 종종 보았다. 그렇게 길어온 물을 대접에 붓는 모습은 경건했다. 봉창을 통해 몰래 보면서 숨소리도 크게 내지 못할 만큼 정성스러웠다. 그 대접을 부뚜막에 고이 놓고 절을 하던 어머니. 선잠 깬 귀로 들어도 어머니의 중얼거림은 모두 자식을 위한 기도였다. 타국에 있는 아들들의 무사함을 빌었다. 잔병치레로 키가 덜 자라는 자식의 건강을 빌기도 했다. 험한 세상에 지치지 않기를 비는 기도도 모두 자식을 위한 것이었다. 어머니의 정성을 생각하면 나의 행위는 얼마나 무가치한 일인가. 몇 푼의 돈으로 마음 부담을 턴 것만 같아 달아둔 등이 문득 민망했다.

-「등을 달다」 중에서

객관적인 회상을 하는 가운데서 자신을 찾아 바로 세우는 일이 바로 수필적 생활이다. 독립을 원하는 아들을 자신의 곁에 두고자 하는 엄마의 심정을 가감 없이 솔직하게 풀어내되 아들의 어머니인 자신과 아들의 할머니인 자신의 어머니의 비교를 통해 어머니의 자식 사랑을 재현해낸 것이 공감의 확대를 가져왔다. 작가의 의도는 '아들의 부재'가 얼마나 작가의 젖은 슬픔을 무겁게 해주었는지 알 수 있게 해준다. 어머니에게 '아들'이 어떤 존재인가를 이보다 더 진솔하게 표현한 글이 어디 있을까싶다. 작품 속의 이야기는 씨줄과 날줄의 얽힘처럼 작가의 정서를 이완과 응축의 절묘한 방식으로 조절된다. 부모의 자식에 대한 애정이 그만큼 절대적이며, 애틋하고 간절하다는 증거가 아니겠는가. 작가는 이 작품을 통해서 어머니의 위대함을 다시 한 번 일깨워주고자 하다.

집으로 돌아와서도 어머니는 말이 없다. 넋을 놓고 있는 어머니를 보는 일이 익숙하지 않다. 늘 동동거리며 빠르게 돌던 어머니의 시계태엽이 늘어진 듯 서글프다. 다 풀고 나니 속이 시원하다는 듯한 표정이 언뜻 편안해 보여서 그나마 다행이다. 묶인 고를 풀어주고자 했던 일이 어머니의 삶에 대한 애착까지 풀어버린 건 아닌지 문득 겁이 나기도 한다. 복잡한 심경 중에도 굳이 위안이 되는 건, 두서없이 엉킨 실타래를 잘라내지 않은 일이다. 어머니의 삶을 아픔

222

으로 묶었던 고를 하나하나 노래로 풀어낸 것은 잘한 일
같다.

-「고를 풀다」 중에서

이 작품은 어머니가 늘 부르는 노래를 녹음하는 작가의 따
뜻한 심성이 대상과 상호 삼투되어 동일시를 이루어내는 데
성공함으로써 공감과 감동을 주고 있는 수필이다. 무엇보다
도 어머니의 삶에 있어 중요한 가치를 풀어내고자 하는 점
에서 매력적이다. 그녀는 어머니가 평소 부르던 노래를 녹음
하는, 해야만 하는 것을 자신의 숙명으로 여긴다. 힘들어하
는 어머니를 안타깝게 지켜보는 작가의 눈이 사랑으로 그윽
하다. 그 사랑을 절제된 정서로 전달하고자 하는 노력이 아
름답기만 하다. 인생에는 소중한 것이 참으로 많다. 그러나
사랑보다 더 소중한 것은 없다. 왜냐하면 생명의 본질은 사
랑의 실천에 있기 때문이다. 이토록 귀한 것이 사랑이기에
그것이 결핍된 삶은 비참한 것이다. 이 작품의 가치는 수필
적 화자가 갖는 내면의 아름다움이다.

자기 성찰로 얻은 삶의 진실

수필을 쓰게 되는 일상적 삶의 구조는 언제나 우리 곁에 존재한다. 최옥연은 일상적 삶을 영위하면서도 또 하나의 세계를 추구하는 사람이라고 할 수 있다. 문학의 가치는 즐겁고 행복한 삶의 추구에 있고, 그러한 삶의 추구에는 반드시 아름다운 정신의 바탕 위에서 가능한 것이다. 그러면서 그릇된 방향으로 나아가고 있는 사람들의 정신 자세를 바로잡고, 진정한 삶의 가치를 깨닫도록 하기 위한 것이다. 작가는 이런 가치를 고양시키기 위해 자신이 살아가면서 깨달은 이야기를 수필화한다. 영혼을 갈고 닦아 더욱 빛내고자 하는 과정이 없으면 수필은 씌어질 수가 없으며, 자아와의 피나는 싸움이 없으면 수필 작가가 될 수 없을 것이다.

틈이 크거나 작거나 오랜 시간의 풍화작용을 거치게 되면 그것이 자연스러운 결이 된다. 시간과 환경의 순기능이다. 사람 관계도 사찰의 오래된 기둥과 같다. 이런저런 사람과 섞여서 그 사이를 메워 나가는 것이야말로 사람과 사람 관계의 순기능이라 생각한다. 그러나 사람은 감정의 동물이다 보니, 늘 움직이고 변하기 마련이라 처음처럼 일관되게 흘러가지 않는다. 내가 고운 말을 하면 누군가도 고운 말을 보내겠지 여겼다가도, 뜻밖의 상처를 받게 되면 더 깊은 틈이 생기기도 한다. 그것 또한 고운 결을 만들기 위한 담금질이라 생각는다.

-「틈이 생길 때마다」 중에서

「틈이 생길 때마다」란 수필은 추상적인 제재를 취했지만, 문학적 형상화가 대단히 잘된 작품이다. 상처와 갈등을 '틈'으로 치환한 것도 멋지지만, '틈'이 '결'이 된다는 인식과 '틈'을 시간과 환경의 순기능이라 의미화한 바도 놀라운 통찰력의 발휘한 것이라 하겠다. 평자는 사람과 사람 사이에 대한 담론을 통해 삶의 부조화를 잘 승화시켜 헹궈낸 수필이라는 데 주목하고자 한다. 더 깊은 틈 또한 고운 결을 만들기 위한 담금질로 보는 작가의 역설적 인식이 아주 멋지다. 변화무쌍한 인간 심리 문제를 문학적으로 풀어내어 형상적 의미화에 성공하고 있다. 현실 체험이 연상과 상상력을 만나 햇살같이 밝게 빛날 뿐만 아니라 사과 속의 영양분처럼 사상이 문맥에 녹아 있음으로 해서 이 작품의 주제의식, 즉 '틈의 필요성'이 독자에게 은근하게 전달된다. 통찰 결과를 미학적으로 재배열한 거라든지 치밀한 담론 구조는 이 수필의 가장 큰 매력이다.

　　1도 없는 감정, 1도 없는 애정, 1도 없는 사랑이나 관심 속에서 어쩌면 우리는 1도 없는 무엇들을 감춘 채 사는 건지도 모른다. 여전히 익숙하지 않다. 그만큼 불편하고 낯선 말이다. 쓰고 싶지 않은 표현이다. 1도 없다는 얄궂은 표현보다 때로는 대충, 많이, 적당히, 별로 등의 애매한 표현이 정겹다. 두루뭉술한 말이 답답할 때가 있다. 속에 숨은 의미를 생각해야 할 때다. 그래도 1도 없는 명쾌함보다 마음을 읽는 것이 아직은 편하다. 아무래도 나에게는 난산증(難算症)이 있는가 싶다.

　　　　　　　　　　　　　　　　　-「1도 없는 세상」 중에서

　이 수필의 우수성은 한마디로 대립항의 도입으로 인식을 보다 명징하게 보여주는 데서 찾을 수 있다. 비교와 대조라는 수사적 기법의 기능에서 이 수필은 가치를 발한다. 작가의 시선은 서로 상충하는 '양적 평가'와 '질적 평가'의 대립

항에 머문다. 주로 실증주의적 가치를 비판하는 일에 몰두한
다. 그녀의 내면은 한마디로 말하자면 '질적'이고 '정적'이다.
모든 것을 숫자로 표현하고자 하는 산술적 계산이나 평가에
작가는 도리질을 친다. 작가는 감정 표현이 객관화되는 것보
다는 '두루뭉술'이라는 주관화에 의미를 부여하는 쪽이다.
이 수필의 맛은 단순히 작가의 시선이 정확성으로만 향하고
있거나 고정되어 있지 않고, '애매성'을 옹호를 위한 반론적
성격을 띠어 사색이라는 자기 관조와 숫자화되는 우리 사회
의 비정상성을 이겨내려는 의지로 나아가고 있다는 데 있다.

아이러니하게도 최첨단 시대인 21세기를 살고 있으면서
복에 대한 감정만은 지극히 아날로그적이었다. 너무 많은
의미를 부여한 것 같았다. 이도 저도 아닌 추억과 현실의
어중간한 어디쯤에 놓였던 감정을 정리하며 노인을 돌려
세웠다. 지폐 몇 장을 발품 대신 건네고 조리는 받지 않기
로 했다. 복은 사는 것이 아니라 짓는 일이라는 결론에 이
른다. 말과 밥이 복 짓는 일의 작은 시작이었으면 좋겠다.

－「복 짓는 일」 중에서

이 수필은 일상을 소재로 해서 정서와 그를 통해 획득되는 깨달음을 유감없이 기술한 글이다. 21세기에 아날로그적 감성을 갖고 산다는 데 대한 반성을 통해 '복'은 사는 것이 아니라 짓는 것이란 결론에 이른다. 수필의 이러한 고유 영역과 특성을 제대로 살렸을 때 그 글은 향기를 지닐 수 있다. "복은 사는 것이 아니라 짓는 일이라는 결론에 이른다."라는 작가의 진술에서 추론할 수 있듯이 이 수필 역시 반성적 성찰을 축으로 하고 있다. 흔히 수필은 자신의 심적 나상(裸像)이라고도 하고 독백의 문학이라고 하는데, 최옥연의 수필은 자신을 말하면서도 이야기에 초점을 두기보다 자기의 내면으로 들어가 내적 성찰에 방점을 찍고 있는 것이 특이하다 하겠다.

평범 속에서 찾는 경이와 충격

문학의 가치는 즐겁고 행복한 삶의 추구에 있고, 그러한 삶의 추구에는 반드시 아름다운 정신의 바탕 위에서 가능한 것이다. 그러면서 그릇된 방향으로 나아가고 있는 사람들의 정신 자세를 바로잡고, 진정한 삶의 가치를 깨닫도록 해야 한다. 작가는 이런 가치를 고양시키기 위해 긍정 마인드의 필요성을 제시한다. 언제나 사람에게 있어서 가장 큰 관심사는 나는 과연 어떻게 살아야 할 것인가 하는 명제일 것이다. 그리고 수필가는 이 같은 인간의 가장 큰 관심사와 명제의 해명을 위해 노력해야 한다. 그러나 이런 노력이 미적 형상화 차원으로 고양되지 못하면 신변잡사에서 맴돌게 된다. 최옥연은 이런 삶의 문제를 경이와 충격 속에서 풀어내어 공감을 유도한다. 인성적 통찰력이 돋보이고, 작가 자신의 태도를 실존적 삶의 수준까지 보여준 점에서는 그녀의 제재 통찰이 평범 속에서 본질 차원의 단계로 나아가고 있다고 하겠다.

굳이 말을 만든 이의 뜻까지 헤아리자는 것이 아니다. 그보다는 스스로의 존재감을 부정보다 긍정으로 나타내면 되지 않을까. 말은 행동을 지배한다. 말하는 습관에 따라 삶이 달라지기도 한다. 좋은 습관을 들이려면 어릴 때부터 듣는 말이 밝고 고와야 한다. 그런 말을 듣고 자란 아이가 그런 말을 쓰는 어른이 된다. 언어에 대한 올바른 이해와 말의 효용성은 자주 쓰는 말에서 이해하게 마련이다.

청소년들의 말에 소름이 돋을 때가 있다. 거칠고 험악한 말을 표정의 변화도 없이 하는 아이들. 암호 같은 은어에 고개를 갸웃거리기도 한다. 언어사용설명서가 필요한 말이지만, 또래들만의 세계를 들키고 싶지 않은 마음까지 헤집고 싶지는 않다. 세대 분리욕구로 뭉친 말이어도 좋다. 다만 좀 더 밝고 유쾌한 분위기를 만드는 말이기를 바랄 뿐이다.

쓴 사람도, 읽는 사람도 먹먹하게 하는 가슴 뭉클해지는 문구도 있다. '느려서 죄송합니다.', '위급상황에 아이를 먼저 부탁합니다.' 등은 모두에게 감정 이입되는 좋은 말의 방점이다.

―「언어사용설명서」 중에서

위의 작품도 삶의 체험에서 얻은 언어 사용의 중요성을 작가답게 전달하고자 한다. 상식대로 돌아가는 진리의 세계를 보여주는 것보다 당연하다고 생각되는 진리를 재해석하는 것은 수필 창작에서 매우 가치 있는 일이다. 주어진 시간을 살면서 무엇보다도 작가에게 중요한 것은 우리 의식 한 켠에 속해 있는 체온보다 더 뜨거운 것으로 자리했던 감동을 주는 말을 되살리는 것이라 하겠다. 글은 여백 위에만 남겨지는 게 아니다. 머리와 가슴에도 새겨진다고 하지 않는가. 마음 깊숙이 꽂힌 온도가 느껴지는 글귀는 지지 않는 꽃이다. 「언어사용설명서」라는 제목도 멋지다. 그렇다. 세대 분리 욕구로 뭉친 말이어도 좀 더 밝은 언어였으면 좋겠다는 희망을 통해서 작가는 우리 사회의 오염되고 저급한 말은 추방되어야 한다고 외친다.

　　가끔은 어디에 제출하기 위해, 또는 누군가에게 보여주기 위한 것이 아닌 나 스스로에게 이력서를 써 보는 것도 괜찮다. 적다 보면 자신을 제대로 돌아보는 좋은 기회가 될 것이기 때문이다. 외부 제출용 이력에서 떨어진 시간들을 챙겨 본다. 추수 들판의 이삭 같은 것들이다. 굳이 예쁘게 포장하지 않아도 절로 반짝이던 시간들이 적힌다. 절망으로 꺾인 무릎을 힘주어 세웠던 순간도 새기듯 적는다. 앙버팀의 순간들인데 이젠 이를 악물지 않아도 된다.

– 「나만의 이력서」 중에서

이 작품의 가치는 무엇보다도 작가 자신의 진솔한 내면의 세계를 펼쳐 보이고 있는 데서 찾을 수 있다. 수필은 자조의 문학이다. 자기 정체성의 확인은 절대적으로 필요하다. 작가는 자기 이력서 쓰기가 성찰의 한 방편이 될 수 있음을 말함으로써 문학적 향취가 풍겨낸다. 문학의 감동이란 결국 신선한 사유가 만들어내는 분위기다. 그것이 연상과 상상의 작용으로 이미지화될 때, 문학적 감동이 찾아드는 것이다. "이를 악물지 않아도 된다."라는 진술 역시 살아온 날들보다 날아갈 날들이 적은 사람들에게 전하는 적절한 메시지가 아닐 수 없다.

원칙이나 형식보다 더한 것이 마음의 흐름인 것 같다. 길지 않은 세월 동안 가족에게 곡진했던 삶도 당신의 자리에서 나름으로 전통을 지키려고 했던 것 같다. 시어머니의 바람직한 문화 방향은 일회용이 아니다. 모든 것이 연속성 속에서 이어진다고 믿었던 것이리라. 당신의 삶이 장롱에 묻어 내게로 왔듯 나의 삶이 내 아이에게로 이어지게 하고 싶다. 시어머니의 장롱이 만들어 온 반백의 이야기를 온화하게 다시 이어가고 싶다.

거실 벽면에 장롱의 자리를 정하고 걸레질을 했다. 시어머니와 나와의 거리가 좁혀지는 시간이다. 반질반질한 장롱을 놓고 보니 처음부터 제 자리인 양 어색하지 않다. 철이 바뀔 때마다 식구들의 계절 옷들이 드나들 것이다.

-「장롱이 놓인 자리」중에서

수필은 성찰의 문학이다. 가장 독자의 공감을 받는 부분이 성찰의 자세라 해도 과언이 아니다. 장롱의 역사를 이어받아 자식에게 물려주겠다는 발상이 가상하다. 수필의 본령은 인간 구원에 있다는 윌리엄 헨리 허드슨의 정의처럼 최옥연은 며느리로서, 어머니로서, 그리고 작가로서 무엇보다도 깨달음을 추출해 내어서 렌즈 밑에 정착시키고 그것을 멋스럽게 확대시키고 있는 점이 돋보인다. 특별히 무엇이 되겠다는 꿈을 꾸지 않아도 주어진 일에 최선을 다하기만 해도 아름다운 사람이다. 이런 경험을 통해서 우리는 살아가는 지혜를 배우기도 하고, 그 가운데 자신을 반성하기도 한다. 작가는 시어머니의 역사를 품고 있는 장롱을 닦으면서 사람답게 사는 방법을 독자에게 일러두기를 게을리하지 않는다.

비움의 실천을 통한 우리 되기

　수필의 구조적 특성 중 하나가 화해 해결 구도이다. 수필은 자기 자신의 내면을 보는 거와 같다. 최옥연의 수필이 거처하는 또 하나의 공간은 비움과 나눔의 공간이라 하겠다. 그녀는 자신의 모습을 진정한 자아의 영토에서 낮추는 작가다. 생을 조용히 사유할 수 있는 자세를 갖춘 작가다. 마음을 비우고 인생을 칼칼하게 붓으로 멋지게 씻어내기 때문이다. 모든 수필가가 지녀야 하는 공통적 요건 중의 하나가 대상을 바라보는 측은지심(惻隱之心)의 안목이라면, 이런 요소는 최옥연 수필에도 풍성하다. 다행스러운 것은 그녀가 긍정적인 마인드로 '우리 되기' 차원에서 대상에 접근하고 있다는 점이다.

　　우리의 터전이라고 만든 곳이 과연 내 것인가. 어쩌면 나보다 먼저 자리 잡고 살았던 새들이나 동물들을 잠시 생각했다. 그들이 마음껏 노닐 수 있는 곳을 내가 주인이란 이름으로 차지한 것 같아서다. 사람이 아니라면 자유롭게 지낼 그들의 터전을 뺏기라도 한 듯 미안해진다. 그러면서도 조금 더 누리고자 하는 욕심에 그걸 잊고 사는 때가 많다. 연통에서 한가득 쏟아진 검정과 부서진 새집을 밭에 버렸다. 어차피 사람의 손길을 탄 집이니 새가 깃지 않을 것이다. 검정을 묻힌 채 동그란 새집이 바람에 날린다. 새가 연통으로 들지 못하게 철망으로 막자는 임시방편도 생각했다. 언제 또 새들이 품속처럼 아늑한 곳이라고 날아들어 집을 지을지도 모를 일이기 때문이다.

-「더불어 산다」 중에서

자연 속에서 겪었던 작가의 생태의식이 그려져 있는 글이다. 작가는 몇 년 전 인근에 밭 한 뙈기를 장만하고, 비닐하우스를 만들었다. 연통을 청소하다 새집을 발견하고 공존의 의미를 생각하게 된다. 오늘의 인간이 문명을 형성되기까지 자신이 걸어온 길을 되짚어보고 타자와의 공존의 삶을 살아왔는가에 답하는 과정이 인간 중심주의보다 더욱 가치 있는 일이다. 주어진 시간을 살면서 무엇보다도 소중한 것은 우리 기억의 한 켠에 속해 있는 인간 중심주의와 정면으로 마주하는 일이며, 체험을 통한 생태적 합리성을 미학적으로 형상화하는 일이다. '보이지 않는다'의 눈은 자신의 그림자를 볼 수 있는 영적인 눈을 제공한다. 이 수필은 공존과 상생을 위해 우리가 어떤 인격을 완성해야 하는지에 대해 되묻고 있다는 차원에서 우리 독자들에게 시사하는 바가 크지 않을 수 없다.

'옥련'은 호적에 실린 이름이었다. 집에서 부르는 이름은 어머니가 지었다. 호적에 올린 이름은 따로 살던 아버지가 이웃 어른에게 부탁해서 지은 이름이었다. 새 이름을 듣는 순간의 낯섦이 싫었다. 그렇지만 어쩌랴. 호적에 오른 이름이니 어쩌겠는가. 그날부터 나는 낯선 이름과 동고동락했다. 내 몸에 겉도는 큰 옷처럼 귀에 거슬리지는 않았지만 입에 붙지도 않았다. 6년 내내 그 이름은 낯선 그림자처럼 나를 졸졸 따라 다녔다. 이름이 주는 혼란은 그것만이 아니다.

- 「나의 이름들에게」 중에서

자신의 정체성을 찾아나서는 수필까지 다양한 세계를 확보하고 있는 그녀의 수필 영토를 작가적 삶에 연계시켜 보면, 그녀의 강인한 인생관과 행복 지향적 삶의 철학이 그대로 드러난다. 그녀의 다양한 이름들을 읽어 나가면 작가로서 또 교육자로서 누구보다도 깨어 있는 자세로 성실히 살아가는 그녀의 모습이 눈에 들어온다. 자조적인 이야기를 다루면서 작가의식을 결코 소홀히 하지 않는 등 그녀는 구조와 담론 전략에서 탁월한 기량을 보여주었다. 자조적인 문학이라는 특성을 갖고 있는 수필은 자기 조명을 통해 작가의 인간적인 면모를 드러낸다. 수필 쓰기는 자기 속에 내장되어 있는 기억을 불러내서 이야기를 만들어내는 것이라고 할 수 있다. 여기서 이름은 바로 숨어 있는 실체를 파악하는 장치로서 기능한다. 그런 의미에서, '정희, 설리, 옥련, 옥연'은 작가에게 안쓰러웠던 이름들이다. 그 이름들에게 한 잔의 온기와 향기를 건네는 작가의 모습이 애잔하다.

높은 가격을 형성하는 지역의 부자들이 사는 곳을 좋은 동네라고 하는 게 보편적 잣대다. 그 잣대대로라면 나는 상류에 살아 본 적이 없다. 일반적으로 돈이 있는 사람들이 문화적인 모임이라고 지칭하는 단체나 스포츠 모임 같은 데도 적을 두지 못한 채 백세시대 절반을 넘어서고 있다. 그러나 문화 예술이나 스포츠가 꼭 넉넉한 경제에서

오는 것이 아니라는 것은 이미 알고 있는 사실이다. 향기
로운 문화 예술과 건강한 몸과 마음을 만드는 스포츠는 다
양하다. 넉넉한 경제력이 뒷받침 되는 것과 그렇지 않고도
창조와 향유가 가능한 것들이 조화로울 수 있는 깊이를 찾
아서 잘 섞이는 것이 당연하다. 굳이 하류와 상류를 구분
할 필요가 없는 것이 향기로운 문화 예술과 건강한 몸과
마음을 담보하는 스포츠다. 잘 섞이는 사회가 건강한 사회
다. 하류로 흐르는 과정에서 자정과 정화를 거치며 흐르는
물이 그걸 일깨운다.

－「태화강 하류에서」 중에서

　인간의 여러 모습 중에서 가장 아름다운 것은 욕심을 버리
려는 반성적 성찰이다. 바로 자연의 섭리에 따르려는 삶에
대한 겸허다. 그녀가 이 수필을 통해 던지는 메시지는 '중화'
다. 산다는 것은 현실에서 멀리 떨어져 나가려는 원심력과
그것과 대치되는 구심력의 절묘한 반복이라고 할 수 있다.
그 줄다리기의 위험한 연속 행위와 갈등 속에서 오랜 시달
림과 방황 끝에 마침내 스스로 낮추고 한없이 겸허해진 자
아가 자리 잡게 된다. 잘 섞이는 사회가 건강한 사회라는 것

은 지금도 진리다. 이 수필을 읽고 나면, 뭐든 이분법은 좋지 않다는 것을 알게 된다. 이 글은 인간의 정신을 고원한 곳으로 끌어올려주는 깊이가 있다. 기득권을 내려놓고 자신을 비운 자리에 순수를 채우는 일은 최옥연에겐 일상인 것이다.

2. 로그아웃

수필의 묘미는 작가의 체취를 잘 읽어내는 데 있다. 감동 또한 연상과 상상을 통해 나오는 만큼 그녀가 보여주는 내면 풍경에 집중하면서 그녀 수필의 미적 구조를 함께 살펴보았다. 청정한 노도의 바람과 남해의 햇빛을 함유하고 있는 최옥연 수필은 맛있게 읽힌다. 무엇보다도 다행스러운 것은 최옥연 수필들은 하나같이 문학적 성취를 이루고 있다는 점이다. 이들 수필들은 견고한 구조가 만들어내는 격조 높은 예술적 울림으로 독자들을 사로잡는다. 일상의 소중한 체험의 문학적 변용에서 건져낸 글이기에 그녀의 수필은 문학적 향취가 풍긴다는 게 강점이다. 자기 존재의 성찰과 인식으로부터 시작하여 자기완성에 이르는 구도의 길에서 찬연한 꽃을 피우고 있다.

최옥연 수필 세계에는 인간애의 따스함이 스며나고 있으며, 진솔한 고백이 반성적 성찰의 원리로 승화되어 순수 문학적 색채를 띠고 있다. 서정과 지성의 절묘한 융합으로 수필의 효용을 극대화한 전략이 돋보인다. 가공하지 않고 사실을 그대로 노출시킨다는 점은 최옥연 수필의 최대 매력이다. 매듭의 고를 풀어 갈등의 세계로부터 벗어나서 생성의 세계로 나아가게 하는 전략이 공감을 얻게 한다. 최옥연 수필의 최대 강점은 형상적 체험성의 승화요, 진한 모성 원리의 표백에 있다. 그녀의 글쓰기는 재현이 아니고 촉감적 생성이다. 그녀가 소환하려고 하는 것은 틈의 부재다. 이것이 독자로부터 공감을 얻게 할 뿐만 아니라 수필 문학으로서의 가치와 문학성을 담보해주는 것이다.